Manuel Enrique Herrera López

AMoRFO

~ desviaciones literarias ~

Diseño y Diagramación: Mónica Fernández Gutiérrez
Mamarracho de la cubierta: Cosido a mano por el autor
Fotografía: Maurizio Franzini

www.avenegra.com
info@avenegra.com

ISBN: 978-958-44-3811-9

Primera Edición
Agosto, 2022

A Jana

"Brota de mi mente un ronco murmullo
de palabras sinsentido,
que al caer en el papel se transforman
en un dulce mar de lágrimas"

El autor

Un día cualquiera, mientras aprendía a unir la m con la a, se dio cuenta de que las letras tenían un influjo mágico más allá del dominio de lo real y lo tangible. Su primer cuento fue sobre un camello, el segundo sobre unos ratones astronautas. Motivado por la enciclopedia El Mundo de los Niños, un libro sobre cohetes y la carrera hacia el espacio, las radionovelas de la tarde y un extraño grupo de autores tan disímiles como Celso Román o H.P. Lovecraft, ha formado un estilo propio que va desde lo infantil a lo grotesco, desde el amor tierno y sentido, hasta el odio compulsivo y baboso. En este primer libro, el autor revuelca más de dos decenios de inconstante escritura, repleta de alusiones a sí mismo en sus momentos más angustiosos y cercana a sus deseos cuando la alegría le sonríe.

ESPERANZA

Cabe afirmar que lo más desesperante de su presencia son los cortos y neuróticos pasos por el infinito corredor adoquinado. Luego de varios meses de permanencia en este sucio rincón, me he habituado a la ración de agua y pan, a las ratas de regular tamaño y a su mirada fría y triste y, aún así, en esta inmensa soledad, sé que hay algo más que me ata a él que mi cautiverio en esta celda subterránea. Diariamente me visita, me observa, me cuestiona, se cuestiona, hace anotaciones en su agenda, revisa a mis compañeros, nos tira comida y se va. Mi vida ya casi llega a su fin y él lo sabe, por eso ya no me pone electroshocks y sólo aguarda el último momento para auscultarme y tirarme a la basura. Ahora sí estoy listo para mi entrada triunfal al cielo de las ratas de laboratorio.

14 de febrero de 1995

"Las columnas de la victoria se erigían
en medio de la estrecha península.
Ese día de julio, Rafael y Blas
arribaron al lugar junto con los otros diez muertos
que ocuparían el agobiante cubículo"

Américo Giménez. La Ruta del Trabajo. 2008

Un minuto nada más

Algo me atormenta, me subyuga, me domina, lucho pero mis esfuerzos son en vano, quiero y no puedo tener alegría, es algo sobrenatural que lo rodea todo ¡qué fuerza, señores, más potente que un huracán! Sorteo cualquier desafío, cualquier oponente, cualquier desgracia, pero no puedo confrontar a este rival incorpóreo, inmaterial, inmortal.

–Aquí mismo te espero.

Su voz se me hizo lejana, pero lo que definitivamente me hizo recordarla fue su azuloso rostro en el mostrador. Tal como la soñé, así como la vi tanto tiempo en los recortes de periódico. Este instante es hermoso, tal como lo deseé.

–Adiós.

Fue grandioso, un sólo minuto pero fue grandioso. Luego de aguantar hambre tanto tiempo pude, por fin, a un muy alto costo, ver cara a cara a la mujer de mi vida. Lo que más me duele es no poderle cumplir mi promesa, allá me esperará y no podré volverla a ver. De regreso a mi monótona vida, con más problemas de lo habitual, me dispongo a regresar a mi hogar. ¿Sientes mis pasos? Mi mujer me espera con el tradicional caldo de hueso poroso, mis hijos correteando y gritando por la habitación, el techo ennegrecido por el humo de la estufa de cocinol y mi mente obsesionada por aquel lejano y azulado rostro. ¿Qué hago aquí? Me bajo del bus en cualquier parte y corro, corro hacia las montañas sin más objetivo que morir.

No sé cuánto tiempo llevo aquí. Mi vestido azul se encuentra enteramente raído, me refugio en la copa de aquel árbol, ese frondoso y enorme árbol; de vez en cuando algún pájaro se caga en mi cara pero yo los ahuyento con mi bastón y, si atino, el banquete es estupendo. Suerte que en mi infancia pasé una temporada con los exploradores, por lo menos no moriré de hambre, pero ese rostro me corretea en mis sueños, ¿quién es ella? Tal vez nunca lo sabré.

Tanto tiempo esperando que pase algo, un milagro tal vez. Nunca regresó. Me abandonó a mi suerte, nunca se despidió, nunca dijo adiós. Sola ahora, espero que regrese, sabiendo que nunca lo hará.

–Hoy llego tarde, a eso de las nueve.

–Pero ni un minuto más.

–Solo será un minuto, un minuto nada más…

Ordenes son órdenes

Impersonal, indiferencia, iniquidad, así llevó su vida por largos años al servicio de una maquinaria invisible y poderosa. Alienado por retrógradas leyes y normas que le eran impuestas, nunca supo la real trascendencia de sus actos, nunca esperó el cambio, nunca aguardó la redención, nunca creyó en un salvador.

En un virtual caso de explosión, alrededor de un 98% de la población viviente se extinguiría, ¿para qué tanto poderío si no podremos disfrutar de él? Eso pensaba mientras se cortaba las uñas de los pies sentado en la taza del baño.

Al regresar a la realidad, todo siguió igual, pero ¿quién es el que se le acerca y lo apuñala?

Luego de un tiempo se supo que Frederick mató a su hermano por órdenes directas de su esposa, debido que a ella le disgustaba de sobremanera recoger los pedacitos de uña del piso del baño.

Oscar Torres (3.Recomendado)

Entre este mundanal ruido solo aprecio un rostro hermoso y alucinante que me desvela y me hace soñar con el culminante momento de mi muerte. Vivo en un devastado mundo de falsas ilusiones en donde mi existencia es sólo un índice económico, un pequeño número al lado de una columna de letras rojas. En este amarillento papel se encuentra toda una vida de múltiples experiencias reducidas a un absurdo comentario de pié de página: "3. Recomendado" ¿Es esto, acaso, la mejor manera para describir el conocimiento adquirido durante años de metódico trabajo investigativo? Quiero trascender y alcanzar la estrella de aquel rostro que ilumina, en este instante, mis últimos momentos de vida. Ya podré vivir por siempre lejos de esta estupidez. Su mano extendida me entrega un boleto sin regreso al mas allá. Trato de llorar, pero su profunda mirada absorbe mis dudas. Ahora se quién eres, llévame mujer de blanquecina tez, corta de un solo tajo mi vida con tu infalible hoz.

27 de septiembre de 1996

La Sorpresa

En un mundo de sorpresas de irregulares colores, mi vida depende de sus matices ya un poco desteñidos por el uso durante milenios y el abuso por parte de mis antecesores.

He visto muchas de ellas, de diversas formas, de variados tamaños, pero ninguna de tan impactante y vivo color como aquella que me alcanzó esta mañana camino a mi trabajo. Por su forma comprendí que no era una de esas sorpresas monótonas e insuficientes y aquel color, que rebosaba de alegría, me dio aliento para recibirla. Como siempre pasa, al principio uno se asombra, segundos después se torna algo incrédulo, pero al final el alboroto es tal que los que se encuentran cerca lo celebran de igual manera. En esta ocasión me encontraba solo, lo cual me sorprendió doblemente, en uno de esos sombríos callejones que frecuento, observando los ventanales de los edificios que lo formaban. Se fue acercando lentamente, como dudando de su acción; se detuvo un instante a mirar un aparador, no sé si fue por disimular o por un último impulso por salir huyendo. Nunca he sido bueno con las sorpresas, por lo general las espanto cuando se encuentran a un par de pasos de mí. Las pocas que me han llegado, no sé como diablos lo lograron. Pero esta vez estaba decidido, y corrí, cerré los ojos y me le abalancé: no se movió, tal vez por su condición de sorpresa, ya que por lo general son bastante asustadizas y tienden a huir por cualquier tontería. Se limitó a extender sus brazos, y con una respiración profunda contuvo el aire y me recibió de un solo golpe. El impacto me mantuvo aturdido unas semanas, pero me he venido recuperando, y ahora disfruto de ella plenamente. Este tipo de sorpresas no son muy comunes en estos días, por lo general son tan efímeras y sólo queda de ellas cierto aroma de ilusión algo alcoholizado para conservarse luego de muertas. Las más duraderas no se esfuerzan por aromatizar el ambiente, simplemente cumplen su misión de sorprender por el mayor tiempo posible al sujeto en cuestión y en este caso la sorpresa que a mí ha llegado eres tú.

Partícula Elemental

–Ven, corre conmigo, que en este instante me siento tan volátil como el humo de mi cigarrillo.

Al avanzar unos pasos hacia ella, sus átomos se esparcieron por todo el universo.

Años atrás, Isis, con doctorados en física nuclear y del estado sólido, logró comprender total y absolutamente el comportamiento y estructura intrínseca de la materia. Se encerró durante meses para plasmar en el papel todos sus conocimientos. Luego de tan extenuante labor, salió directamente hacia dónde su más cercano colega y amigo para darle a conocer el manuscrito; a eso de las 10:30 p.m. tocó su puerta y Thäis salió. Al abrazarla su cuerpo perdió forma y al final se desmoronó como un muñeco de arena. De esta forma Dios castigó a Isis por llegar a conocer su más profundo secreto.

Con su mirada de macho conquistador trató de intimidarla, como no obtuvo respuesta le lanzó un vaporoso argumento. Ella le respondió:

–Ven, corre conmigo, que en este instante me siento tan volátil como el humo de mi cigarrillo.

Al avanzar unos pasos hacia ella, sus átomos se esparcieron por todo el Universo.

20 de marzo de 1997

Caída Libre

Se proyectó directamente hacia mí con una mirada fría, desesperada, muerta. Al alcanzarme sus ojos, mis huesos se congelaron y no tuve más opción que rendirme a sus pies. Me acogió en su seno y me absorbió lenta, muy lentamente. Nada de lo que me dijeron y advirtieron era verdad. Fue muy acogedor mi ingreso en su cuerpo, pero mi alma se negaba a pertenecer a otro ser. No lo quise así, pero las circunstancias lo aclamaban, así que me le entregué totalmente y dejé de existir.

Las últimas evidencias indican claramente que el sujeto en cuestión se abalanzó repetidas veces contra el gigantesco poster de una conocida modelo, el cual tenía pegado a la pared. Es claro que en el último intento logró romper el muro con su cráneo a la altura del vientre del dibujo. Luego de conocer el incidente, la cotizada actriz y modelo Juanita Acosta se lanzó vertiginosamente por la ventana de su apartamento, ubicado el piso 50 de un céntrico edificio.

27 de junio de 1997

El Muerto

Este en un texto plano, liso, frío y aburrido. Un texto monótono, yerto e inerme, uno de esos textos fatigantes, sin sobresaltos, carente de imaginación, falto de creación, nada interesante y completamente descolorido. Es un texto llano, árido, estéril e infértil, casi muerto, sin fuerza, sin ganas, sin vida, extenuado luego de milenios de observación por parte de una infinita turba de lectores que, lentamente y ávidos de renglones, absorbieron casi por completo esa incomprensible alma de texto. Este texto agotado y derruido, desgastado y oxidado, con olor a formol en sus palabras, luego de una larga temporada en estado de coma y con un párrafo en la tumba, aún rezonga por un descuidado y quizá algo dilatado ojo, que se incruste en sus líneas en busca de lo inexistente aquí, ni una sola pizca de riqueza gramatical, ni siquiera un simple apóstrofo que valga la pena publicar, denigrante manojo de letras que yace en el fondo del abismo del olvido, aquel que acabó por completo con mi vida de autor.

23 de julio de 1997

Dejadme Llorar, Orillas Del Mar

No sé que me recuerda. Este sonido me traslada, me deprime. Algo me arrastra a otras situaciones de índole supra-real, la sensación es indescriptible, me conmueve; cada partícula de mi ser flota en el fragante perfume de sus notas, no sé si llorar, reír, morir, vivir. La melancolía me atrapa y mi existencia se detiene por completo ante el azul del cielo, lo blanco de las nubes, lo verde del prado, lo áureo del sol, lo rojo de la sangre que brota de mis venas abiertas. Me hundo en un pacífico mar de gelatina viendo cómo cae el Rey del Cielo en el horizonte mientras mi alma se hunde en una profunda y nostálgica depresión. A mi vida le hace falta ese fulgor de antaño, cuando vivir era suficiente para ser feliz. He perdido. He perdido a lo largo del tiempo la sonrisa, esa sonrisa pura del niño que agoniza en mí; lo he olvidado, pero él no se resigna a morir, aún está despierto esperando regresar a mi vida, para devolverme aquella manera de vivir, sin esas inútiles luchas que despierta la edad, con ese maravilloso poder de asombro que siempre me caracterizó.

Ahora descubro con miedo que he llevado mi vida por la oscura senda de la madurez, ahora me siento más estúpido que nunca, no sé cómo regresar a esa etapa que nunca debí abandonar. Ya no puedo ni llorar, mi espíritu se está secando y no es precisamente por la falta de agua, es por exceso de... no se, no hallo la causa de mi deceso, sólo sé que la vida me empuja a trancazos por una ruta que no conozco y no me agrada, no me agrada el camino, no me agrada ser empujado, no me agrada ser grande ni tener dinero, la búsqueda de la fortuna me ha enceguecido, abandono mis reales ideales, abandono mis amigos, mi familia, mi verdadero sentido de la existencia. Pero gracias al color de tu canción vuelvo a ver mi vida de aquella manera tan luminosa como lo fue en otros tiempos, sin vanas ilusiones, sin amores a la carrera, sin estúpidos artefactos que me invaden y absorben. La pureza de tu sonido me inyecta, me perfora, me aglutina, me conmueve y no sé que es lo que siento, me moldea de formas insensatas para mis ojos, insiste en lo irreal, me aplasta, me carcome, me atrapa, me evapora, ¡las olas!, eso es, el mar, su movimiento, eso me recuerda, un atardecer en el mar dejándome llevar por las olas, que incoherente es todo esto, pero eso hace tu sonido en mi mente.

¡Húndeme, ahógame, irrádiame con tu voz! Tu evocación me davtrá el descanso eterno.

19 de noviembre de 1997

"Oh espíritus errantes, divergentes y arrogantes,
ni el fuego y las argucias
imbuyeron con sus ansias
el tono dulce de la derrota.
Y en sus mentes,
la imprecación afable de una luna redonda
anduvo ligera y contagiosa
en medio de las penumbras de la historia"

Rashadul Aljazird. El desgarrado trino en el estoraque. 732

La Pequeña Dama

La pequeña Dama. Hoy me encuentro en el supremo estado, más allá de cualquier banal sentimiento, más profundo que cualquier otra depresión.

La pequeña Dama. Fue sólo un instante, sólo eso fue necesario para que volviese a mí la secreta inspiración, aquella que impulsa mi real ser, oculto bajo el oscuro manto de la insípida razón, casi en estado de hibernación. Ese ínfimo instante significó para mí el retorno a la conciencia, el abrir de nuevo las puertas de la percepción.

Pequeña Dama. De nuevo siento el rojo fluir de la vida, me recordaste el motivo de la existencia, protegiste aquel sueño que se resignaba a morir dentro de mí.

Tú, pequeña Dama, me diste un suspiro de tu vida que será para mí una infinita felicidad, alejando de mí al confortable idiota que se empecinaba en apoderarse de mi espíritu.

El sólo brillar de tus ojos será suficiente para mí. Pero ¿podré algún día tocar tu alma?

28 de septiembre de 1998

Desilusión

En un total estado de embriaguez, él, un ser normal, demasiado, se ubicó sin temor alguno frente a su victimario y sólo esperó.

Espera: lapso de tiempo en el cual el ansia carcome el alma. Dícese de un estado de bucólica hipnosis en el cual el fluir del tiempo es una abstracción psicológicamente improbable.

Una tibia corriente de aire envolvía su cuerpo, haciendo flotar su cabello negro junto con sus pensamientos que, poco a poco, se diluían con los rojos matices del ocaso.

Su historia se remonta a mas de diez años de sufrimiento ininterrumpido. Conoció todas las debilidades del ser en su propio ser.

Ser: objeto tangible víctima de sus propios deseos.

Por esto, lo último que le faltaba por experimentar era el más grande y final sufrimiento de la carne. No sentía miedo, ya antes lo hemos mencionado, pues sus masoquistas costumbres lo habían extinguido hacía mucho. No sentía tristeza, ya lo había sentido todo, la tristeza le era tan habitual como cepillarse los dientes, y cabe anotar que nunca tuvo caries. La posibilidad de un desenlace diferente no encontraba lugar en sus pensamientos, casi se podría decir que conocía el futuro. De esta manera, parado sobre los rieles del tren, se fumó su último cigarrillo y recibió el impacto.

Pero el golpe no lo mató, ni siquiera lo hirió, ni un rasguño, un moretón, ni siquiera se despeinó. Su cuerpo se empezó a desvanecer lentamente, átomos flotando se evaporaban de su ser. La desilusión lo invadió, ¿sería esto acaso lo último?, ¿por qué la muerte no le dolía?

Aún está allí, esperando, aguardando lo imposible. Después de muerto ¿qué más se podrá esperar?

4 de octubre de 1998

Serena

Gira en torno a mí, como una de esas persistentes y agobiadoras ideas que se incrustan en las neuronas y se atrincheran, y miran, se ríen y brincan trastocando la coherencia de los pensamientos. Aún está aquí, persiste en mi memoria, el recuerdo de sus azules ojos, su dorado cabello agarrado en dos largas colas, el blanco traje marinero y una brillante diadema, resplandor infinito que desvanece cualquier traza de duda, abre mi conciencia y me deja en un total estado de ineptitud ante el amor.

7 de noviembre de 1998

"Con un suspiro vislumbró, en la lejanía, la silueta de la carreta cargada de flores que se alejaba por el polvoriento sendero hacia Villa del Este"

Mariela Cañizares. Los Ríos de Arena. 1943

Todo Es Mentira

Todo es mentira,
el suave rostro de la muerte sonrojada por el viento polar
todo es mentira,
el impulso vital que fluye por mis venas
todo es mentira,
la belleza de un falso e impúdico amor
todo es mentira,
el rojizo matiz de mi último ocaso
todo es mentira,
ese deseo oculto de una libertad irrisoria
todo es mentira,
la lluvia que humedece tu desnudo torso
todo es mentira,
la mirada coqueta del negro obrar
todo es mentira,
la ilusión sin límite ni fronteras de la demencia senil
todo es mentira,
el rayo que quiebra la quietud del silencio
todo es mentira,
mi inconcebible pasión por lo ilógico
todo es mentira,
una cáustica lágrima que corroe mi mejilla
todo es mentira,
el violento color violeta devorador de almas
todo es mentira,
este sentimiento que está anidándose en mis intestinos
todo es mentira,
mi frustrante ineptitud para volar
hacia este sol que me enceguece
todo es mentira,
esta sarta de metáforas sin sentido
todo es mentira,
la desesperada soledad que me impulsa al suicido
todo es mentira,
cada vez que escribo algo, todo es mentira

todo es mentira,
la dulzura de tus labios sobre los míos
todo es mentira,
la debilidad de decirte lo que siento
todo es mentira,
sin el aval de tu mirar, todo es mentira
todo es mentira,
la razón de tu abunda ignorancia sobre mí
el perplejo vacío de mí en ti
mi inocuo aparecer en tu mente
el abismo conceptual
que me impide brillar en tus pensamientos
esta máscara estúpida que me oculta de tus ojos
todo es mentira,
¿todo es mentira?

Y qué si todo es mentira.

5 de enero de 1999

Duelo Para Tres

Era muy claro su objetivo, en su vida ninguna otra idea había surcado su cerebro. Y justamente hoy finalizó su arduo entrenamiento para afrontar el reto final de su existencia. Un largo camino lo llevó a superar las barreras humanas más allá de lo creíble.

La sombra de su cuerpo se diluye en el pavimento mientras baja por esa amplia vía (esas imágenes me provocan cierto sentimiento de angustia), indefenso ante la luz, se detiene y observa el lento andar de las horas previas al encuentro. El sol flaquea ante el incesante giro de la tierra y en fiera lucha lanza sus últimos resplandores, rojizos como el color del metal oxidado, como aquel metal que algún día fuese su armadura y hoy solo sea un despojo más en el desván. Se destiñe el cielo; procurando hacerlo con cautela acalla los últimos matices con un color púrpura, el apacible color de la muerte. Se acerca el momento. Repasando una y otra vez todos los movimientos mata el tiempo que lo separa de su destino. ¿Será su destino? ¿o tal vez sea solo un desatino? Ya se ha visto al hombre sucumbir tras lo que para el fuera su inminente gloria finiquitado por un infantil lance de espada, sí, resultó ser el destino, un destino cruel...

El bello atardecer le recordó su primer día. Las nubes dibujaban en el cielo un sendero infinito por recorrer con un estúpido tesoro al final. Igual que yo él no lo sabía y emprendió aquel poco comprensible viaje con la inagotable calma que siempre nos ha caracterizado. Aunque parezca firme y seguro el tránsito por la vida, este no deja de ser más que una ilusión, un suave vaho de existencia rápidamente disipado por el inefable momento cósmico, pero ese impulso vital es tan poderoso que pronto acalla cualquier duda divina. Pronto el lo comprendió y vio, con inmensa alegría, como se descorría el velo de su infalible destino, amplio, generoso, hermoso...

Ahora él me observa; como yo, sabe que este es el momento cumbre, nada ni nadie lo podrá impedir. Ella nos mira como diciendo no, pero la duda la corroe, a pesar de su siempre racional sentir trazos de frustración por una vida incompleta la obligan a verme como una difusa esperanza, un pequeño punto que llenase su corazón. Pero él, fuerte y experto no duda siquiera un instante en mi próxima decapitación. Como él, yo hallé el secreto al final del camino, tan ínfimo y de lejos despreciable pero tan rojo y conmovedor que pronto flaqueé ante su ímpetu y de rodillas jurele lealtad a su poder. Eso es el amor. Pero la lid aún continúa, y yo (como siempre) caigo derrotado por mi miedo y cobardía de ser herido, no por el arma de mi rival, sino por el simple desprecio de la dama. Su rostro me entristece, y mientras me desplomo comprendo (ya muy tarde) que ella en algún momento sintió algo por mí. Ahora mi cuerpo se diluye en el pavimento mientras mi sombra se va por siempre entrelazada con la de ella, feliz por su destino.

6 de mayo de 1999

Inexperto #2

Era un abstracto concepto para mi débil mente, más allá de toda idea, un estado más allá del plasma solar, eso era para mí. Mis insensatas acciones me empujaron al abismo, ahora, aquí desde esta infinita sima contemplo con angustia, o quizá con ilusión, la delicada sombra de la muerte aguardando mi acenso a sus brazos.

Con arrojo y valentía se lanzó con su espada en alto vociferando el canto del buitre hacia su eterno rival. Inmóvil y sorprendido cayó aquel que en su vida fuera su más preciado rencor. Pero para su desgracia vio a su amada recoger del piso el sangrante cuerpo del caballero y llorar sobre su pecho lágrimas de amor.

La lluvia acabó con su tranquilidad, apagó el último fuego de esperanza, opacó su lamento final. Las gotas corrían por su rostro brillando con los rayos del sol en su ocaso. Repentinamente recordó su primer beso, ese relámpago rosa que una vez encendiera su monótona vida. Quiso llorar pero no pudo, lo único que fluía de su interior eran las más incoherentes y hermosas palabras. Su larga y roja cabellera lucía tan bella que solo pude suspirar y largarme de ese lugar sin dejar huella alguna en su mente.

El sendero de su vida, recto y sin tacha, se vio tiznado de incertidumbre al descubrir el vacío dejado por aquella persona que irrumpió algún día en su corazón y hoy lo abandona sin decir una sola palabra. Aún llueve, firme como un roble soporta el incesante golpeteo del cielo en su cabeza. La duda dejó de ser metódica para transformarse en melancólica. Oscuros pensamientos trastocaron sus sentidos derrumbándolo todo violentamente al oscuro fango de la soledad. Se ahoga ahora en la perdición, su mirar se desvía a lo banal, sus pies lo llevan a lo más recóndito de la vida, a lo más negro del obrar, a lo más ruin del pensar. Su vida, recta y sin tacha, nunca le mostró lo cruel e infame que puede ser un beso sin amor.

19 de mayo de 1999

¿Viaje Sin Retorno?

Un descarnado deseo de amor me impulsó (a mí, inseguro e inexperto personaje salido de alguna mediocre opereta callejera) a declararle aquel tan secreto sentimiento a ella, dulce dama del bosque del recuerdo. Escudándome bajo palabras, mis escritos viajaron hasta sus acallados ojos retornándoles aquel brillo que otrora refulgiera feliz. Mas sin embargo, más pudo mi corazón que la razón y temeroso, más no triste, revelé mi absurda identidad. Ahora el miedo se transforma en incertidumbre por la posible reacción de ella ente tan ¿extraña? ¿amarga? ¿graciosa? sorpresa. Más fui yo el sorprendido al ver que mis sentimientos no eran rechazados y si aceptados. Pero mi negro obrar me llevó a tener pero no tener, querer pero no poder, sentir pero no dar. Negro por qué, a pesar de saberlo, quise impulsar en ella la duda y la discordia, e intentar compartir con otro un instante de su amor.

Su razón pudo más que su corazón (ya quisiera yo poder hacerlo) y encausó de nuevo su vida por una senda de antemano conocida y ahora se aleja de mi como el suave aleteo de un ave en mi cabeza. Mi vida se opaca de nuevo, luego de emanar claros destellos de ilusión; el retorno al frío de la soledad es mayor al saber que no es un rechazo normal, de esos que duelen un poco pero se acaban repentinamente, sino que aunque ella quiere, la seguridad de un mundo predefinido la llama y la aleja de mí.

Ahora, viendo el ocaso del sol en mi ventana, me doy cuenta que será difícil dejarla ir, que yo soy quien suelto las amarras de su bote y me quedo en el puerto viendo cómo navega a un mar de calma infinita, seguridad plena que no ve en mi y que tampoco la puedo dar. Me doy la vuelta y camino por el muelle de regreso al aburrido vivir cotidiano. Miro hacia atrás, al horizonte y veo como lentamente se difumina el mástil de su nave. Pero lo que más me duele es que aquel barco regrese algún y no esté yo para recibirlo.

23 de mayo de 1999

"Preso de angustia, empujó a un lado a su hermano. Sin embargo, el hedor soporífero de la planta carnívora terminó venciendo su voluntad y, pronto, ambos fueron presa fácil con un exquisito sabor"

Enrique Lara. Imaginario Bestial. 1914

Decrépito

Por la vida pasan muchos seres de diversas cualidades, de múltiples enseñanza, de variadas historias, de increíbles finales. Por instantes creí que mis cualidades, enseñanzas, historias y finales podían ser lo suficientemente llamativos para aquellos con quien, en algún momento, he coexistido. Pero no. Ahora que recuerdo por completo mi vida me doy cuenta que ni siquiera he coexistido con nadie. Hay momentos en que pienso que ni siquiera he existido.

Mis pueriles cualidades nada brindan al espectador. Como un insípido nabo pasado por agua, así mismo he pasado por sus paladares, dejando un deseo de impeler de sus bocas ese sabor a nada que puedo ser yo.

Mis monótonas y lánguidas enseñanzas ni siquiera impulsaron un mínimo escozor neuronal, ni un ínfimo o por lo menos superfluo pensamiento.

Mis variadas y siempre insulsas historias nada merecieron. Un oído atento, un fiel escucha, un ávido lector, un desprevenido paciente, ni siquiera un demente callejero logró ser cautivado por aquellas palabras llenas de emotiva e infame inmadurez.

Lo único destacable han sido mis increíbles finales. Increíbles para mi, pues siempre he salido por la puerta trasera, cabizbajo y aburrido, defraudante y defraudado. Aquel que otrora fuera un ídolo de las multitudes a nivel nacional e internacional, ahora solo tengo el grato recuerdo de mi nombre: Jorge Barón.

30 de mayo de 1999

¿El Último Camino?

Cuántas veces he transitado por este sendero, siempre con un nuevo sentimiento, una nueva sensación. Momentos de alegría llenaron mi mente, delicados alisios de miedo ventearon en mi rostro, amargas gotas de desilusión empaparon mi cabello, calurosos rayos de amor atacaron mi pecho, un nunca antes visto puño de culpa rompió mi corazón. Siempre el mismo camino, siempre un nuevo pensamiento. Para todos, una simple calle, normal ruta en sus vidas, insensibles a todo aquello que encierra palmo a palmo los 50 metros que la componen pasan sobre ella ahogados en sus superfluos sufrimientos, tan volátiles como una gota de rocío luego de la lluvia.

Pero era de esperarse. Solo un observador ojo y un sensible corazón podría detectar la perfecta armonía de todo aquello que compone esta vía, y aún así, yo, todo un mediocre de vista, pude captar los resplandores emanados por el espíritu del camino, la vida errante del caminante. Paso a paso disfruto del aroma vivido por tantos seres que por allí pasaron. Vidas de tantas formas y colores, de delicados sentimientos y toscos pensamientos. Aunque busque un nuevo camino, este lo posee todo. Ha hecho brotar de mi boca tímidas sonrisas, dibujó en mis pálidas mejillas lágrimas de transparente amor, escuchó con paciencia mis inútiles súplicas, acalló con su tranquilidad mi ira pasajera, consoló con su verde color mi desesperanza, recibió placentero un grito de felicidad, protegió con su luz mí desolado corazón. Un camino, una vida, un maestro.

Nadie me ha dado tanto como este corto trecho, le debo un día y toda mi vida. Aunque pase cientos de veces por allí, sentiré de nuevo todo aquello que me ha ofrecido y complaciente he aceptado.

Pero algún día (con alegría y no con afán lo espero) estarás tu al final del sendero, eterno compañero, para mostrarme una nueva ruta por la cual lleguemos los dos a la felicidad.

14 de junio de 1999

Azul

Azul, pacífico instante de inspiración infinita. Azul, lúcido momento de mi alma, impulso divino de creación, invocador de otros mundos, puente al intento cósmico, el maravilloso acontecer.

Como en sus mejores días, hoy, mucho tiempo después (¿después de qué?), de nuevo su mano se desplaza uniformemente en el papel, transcribiendo sus ideas más sublimes con una hermosa caligrafía y un aún más bello léxico. De nuevo todo su ser se estremece, la vida circunda su cabello, la claridad mental de nuevo lo posee. Tras un largo letargo, el más prolongado estado de hibernación espiritual en el que se hubiese sumido, la conciencia de nuevo se acrecienta y su vida abre de nuevo los ojos.

Azul fue el motor de su renovación. Creyéndose feliz en su estúpido sueño, un deliberado acto ajeno, algo alejado a su voluntad, despertó su evocador poder de la realidad.

No creyéndolo cierto, meditó por unos días tan extraño hecho, pero pudieron más sus inusuales sentimientos. Y fue azul el inicio de su nueva vida, magno color delicadamente depositado en su retina.

Un día ella llegó, y con un mechón azul en su cabello me cautivó.

12 de julio de 1999

"En algún lugar deben estar; sus diminutos cuerpos azules no escaparán más de mi poder. Ya los veo, desfilando hacia mi vaporoso..."

Gregor McKinley. El Bosque Encantado. 1971

Cogito

Creyéndose poseedor de la infinita sabiduría nunca flaqueó ante ningún reto, por imposible que fuese, siempre salía victorioso y con la frente en alto. Pero la vida le depara terribles destinos a aquellos que desafían el principio divino de la eterna ignorancia. Él fue uno de ellos. Ufanándose de conocer todo cuanto existía en el Universo, y sin nadie capaz de refutárselo, fue hecho un rastrojo al enfrentarse a un adversario nuevo para él, siempre subestimado por su intelecto, ilógico y absurdo, totalmente irreal en su mundo.

Sin miramientos, este enemigo vilipendió por completo a su existencia y la redujo tan maravillosa mente a un puñado de temblorosas neuronas.

Él, el más sabio de los sabios, supremo conocedor del saber supremo, nunca llegó a creer que el amor fuese tan poderoso de volverlo de nuevo humano.

14 de julio de 1999

Recorrido 1

Inútil veo cómo inútiles barras de metal, uniformemente dispuestas, decoran inútilmente un inútil callejón. De impecable manufactura, alguna vez diseñadas con un utilitario fin, sólo son ahora hogar del óxido y uno más de los monumentos a la indiferencia.

Así comenzó su viaje al final del día por la blanca ciudad. Impaciente, mas no desesperado, aguardó alguna señal, pero sólo vio el vuelo de las aves bajo el naranja celestial. Esperó, algo intranquilo, el momento en que a lo lejos divisara la inconfundible silueta de ella, viniendo hacia él, mirándolo, pasando de largo, dejándolo atrás, siempre recordándolo.

La fría roca no incomoda, el húmedo prado no entumece, el negro de la noche no enceguece, la brisa implacable no deshace, el rojo matiz de las nubes me conmueve.

La inspiración hecha palabra agota el arte creador. Mis sentidos son tan limitados que no logro divisar toda la armonía que encierra, y hasta desborda, este ínfimo instante. Mi débil memoria me ata a un mundo tan presente, tan actual y momentáneo, que las sombras del pasado son sólo eso: sombras. Aún así, luego de vagar por este lugar, congelado, aturdido, aburrido, pienso en toda la belleza que almacenas y que aún no he podido admirar.

27 de julio de 1999

Extraño

Extraño, palabra con muchas connotaciones de disímiles significados, pero uno de ellos, aquel que denota la acción presente de su verbo es aquella a quien ahora me dedico.

Extraño tus ojos, ocultos bajo un azul cristal que los protege de la mirada ausente del público en general. Extraño como se enfocan en los míos, como bordean mi cuerpo, como brillan con el sol del atardecer, como disipan mi amargura, como expresan, de un modo tan sutil, los colores de su alma.

Extraño tus labios delgados y provocativos, suaves como espuma. Extraño las palabras que modulan. Extraño, profundamente, como dibujan esa luminosa sonrisa, poderoso alimento de mi felicidad. Extraño la suave caricia, tímidamente ejecutada, de tus labios uniéndose con los míos.

Extraño tus manos, fuertes y delicadas, aquellas que me han dado tu calor, que con tanta ternura han recorrido mi pecho. Extraño como se enlazan con las mías dándome la fortaleza antes perdida.

Extraño tus pensamientos. Extraño tus abrazos. Extraño tu alegría. Extraño la extraña forma en que me extrañas. Te extraño tanto, como nunca había extrañado. Aún así existen muchas cosas que no extraño, cosas que no puedo extrañar porque no conozco, esas cosas que espero algún día descubrir cuándo estemos juntos.

29 de julio de 1999

Espera

Divagando en mis pensamientos veo como aquel ser expone sus curiosas ideas tan ilógicas como ilusas o tal vez insulsas, invisibles a mi razón. Los símbolos empleados son motivo de orgullo para su orgullo, pero para mí no dejan de ser más mediocres que mi propio intelecto. Inmerso en sus conceptos intenta insertar en mi memoria incongruentes palabras de lógica difusa, inertes, inmorales. Continúa con su discurso, oda a la irrealidad, flácido intento por convencerme de algo que ni siquiera entiendo, en su senil sentir verdad absoluta, en mí infante querer locura pueril.

Me dejo llevar por su aroma, caricia para mi nariz; tan volátil como vigorosa. Aquella esencia que irradia su cuerpo me transporta al dulce mundo de su cuello, anhelando captar con mi olfato su delicado perfume que todo engalana, que siempre la ilumina, que pleno me enardece.

Sin dar un paso atrás, continúa con su pletórica exposición. Cruel y despiadado no cede ante el abucheo de la turba, la encara, se ríe y prosigue con su dictamen, incesante, infinito, imposible. Ese personaje de impecable pero aburrido vestir nunca ha conocido la derrota, siempre invicto no acepta una falta, ni siquiera un mínimo error. Su vida ha de ser tan recta como llena de estupor. Y ahí está, sigue con sus estúpidas palabras de aliento desmedido.

Pero yo, negado para la literatura, sigo viéndote, olfateándote, tocándote, amándote en mi diario sueño de tres horas mientras escribo curiosos textos de mediocre ejecución hasta que den las once de la mañana y pueda salir expelido en tu búsqueda, para poder verte, olerte, tocarte y amarte en vivo y en directo.

5 de agosto de 1999

A

Aguardo tu llegada, espero tu regreso, invoco tu imagen en mi memoria, identifico tu rostro, sereno y cálido. Imagino como avanzas hacia mí, con tu hermosa sonrisa abriendo mi corazón. Eso me haría infinitamente feliz.

Aquí, en la soledad de mi cuarto (y de mi vida), anhelo tu presencia, ansío tus caricias, lloro por tus besos. Quiero verte junto a mí, poder abrazarte, sentir tu cuerpo, contagiarte de mi amor.

Aunque mi razón trata de controlarme, mis sentimientos son más fuertes y me arrastran a la depresión mientras veo como pasa el tiempo y no haces una improbable aparición frente a mi puerta. Te quiero a mi lado, pero no es así, no se donde te encuentras y mi mente divaga por insólitos lugares y situaciones. Estúpidamente me mortifico viéndote en absurdos escenarios, lejos, lejos de mi, tu corazón lejos de mi.

Ahora me doy cuenta de cuanto te amo, esperando que llegues convencido de que no lo harás. Todo gracias a mis estúpidas acciones, mejor, a las cosas que dejé de hacer. Me aferro a aquello que tal vez dijiste en un descuido, palabras no meditadas, simples frases lanzadas al azar. Y aunque yo sé que fueron así, aún repica tu voz en mi cabeza pregonando tales afirmaciones. Todo el día aguanté mi ansiedad para finalmente no verte. Mis ojos se humedecen, como de costumbre, con lágrimas de frustración.

Atribuyo mi estado a los acontecimientos de los últimos días, pero sé que son solo excusas, escudos que me ocultan de la verdad. La verdad de que te amo, que necesito tu compañía, que, luego, de pasar la etapa de la claridad, del convencimiento absoluto, sé que puedo compartir por completo mi vida contigo y ser parte de la tuya. De nuevo se infiltra la duda en mi mente y me pregunto: ¿me amarás?

22 de agosto de 1999

Abandono

Es desconcertante. Nunca en mi vida me había sentido inseguro de mis acciones, pensamientos y sensaciones. Pero hoy, luego de un día tan común como superfluo, me inundó una incertidumbre tan honda jamás experimentada, inmensa quietud en un perfecto vacío conceptual. Muy alejado de mi habitual comportamiento, las palabras es mi mente abruptamente se acallaron. No hay nada en mí.

Golpe tras golpe continúa convencido de sí mismo, sin darse cuenta de su inminente derrota.

–Despierta ya, no hay nada más que puedas hacer.

–¡No! No lo hagas, por favor.

–Ya no hay paso atrás, es la última decisión.

Un halo nebuloso envuelve el día, la lluvia no tarda en caer. Ya no hay lágrimas, ya no habrá sentimientos. Todos los rostros son grises ahora, su vida no será igual. Ocultando su debilidad, ahora cerrará de nuevo su mundo. Aquel bello universo de alegría que había renacido con su amor, de nuevo caerá en las tinieblas, ahora más profundas y oscuras, con un mas improbable efecto de reaparición.

Ahora que te veo, mi mente vacila y se derrumba, mis movimientos son tan torpes como mis palabras, me siento frío, débil, hueco y estúpido, mis ojos quieren verte mientras mi corazón los inunda con lágrimas. Aunque me lo niego, mi vida pierde algo de sentido. De nuevo, no veo como mis acciones puedas hacerme tener una ruta, un objeto, una meta por la cual realmente luchar. Me abandonas y yo mismo me abandono, luego de construir un estable destino, veo cómo cae por su propio peso luego de una simple palabra: No.

25 de agosto 1999

La Niebla

La niebla se cernió sobre nosotros nublando mi razón y aclarando mi conciencia. Su suave decaer en el ocaso brindó un magnífico y lóbrego espectáculo improbable en mi memoria, acentuado por la inmensa soledad del verde campo, aun húmedo luego de la tormenta.

Un melancólico abrazo, un tímido beso, un imperceptible adiós. Momento efímero e irrepetible aquel que ahora rememoro, aquel momento en el que caminé a tu lado por ese desolado lugar aun deseándote bajo el influjo mágico de un borroso atardecer.

Ahora la niebla cubre mi alma y embota mis sentidos, ahoga mis pensamientos y con su invisible poder, impulsa mi mano sobre el papel y produce esta extraña melodía de ilógica ejecución.

9 de septiembre de 1999

La Estación

Se encontraba esperando el momento de mi partida en la estación. Rayaban las seis de la tarde, los vidrios de los aparadores reflejaban una infinitud de rojos soles mientras el letargo apabullaba cualquier esperanza de movimiento.

Llevábamos más de tres horas sentados uno al lado del otro en absoluto silencio sin intercambiar siquiera una mirada. Pero no estaba incomodo. Hordas de personas transitan frente a nosotros, sus voces juntas formaban un melodioso y dispar coro totalmente imperceptible para sus intérpretes. Con el paso de las horas, llegando al ocaso, el coro fue muriendo junto con la presencia de aquellas horas que lo liberaban. Los últimos resplandores solares penetraban por los inmensos ventanales hasta nuestras retinas, encendiendo mi alma. Pronto acabaría el día y con su final llegaría el mío en este alucinante lugar.

Su compañía fue durante mucho tiempo el impulso de mi vida. Ahora, aun a mi lado en el momento de mi partida, recuerdo como un vago y lejano recuerdo el maravilloso instante en que nuestros caminos se cruzaron y un vendaval de emociones y experiencias azotó nuestras vidas.

Una gran mosca voló frente a nuestros ojos acompañada de un ronco aleteo similar a un trueno en miniatura. Su movimiento fue tan lento que casi pude ver cómo la luz roja brillaba en cada una de las facetas de sus ojos. Seguí con la mirada su trayectoria hasta que me sorprendí mirando el rostro de mi acompañante, detallando milimétricamente el contorno de su perfil. De inmediato evité sus ojos y me abordó el tan eludido sentimiento de melancolía. Un par de niños nos observaban detrás de una columna. Entonces me di cuenta que las lágrimas caían por mis mejillas, y que, para mi sorpresa, ella secaba sus ojos con la manga de su camisa.

A lo lejos las montañas alcanzaban el sol dejando paso a la penumbra y anunciando mi inminente retiro de esta, mi última morada. Un timbre determinó mi partida, de inmediato me puse de pie, pero no me moví. Permanecí en el mismo lugar por unos cinco minutos. Repentinamente sentí como su mano rodeaba mi torso juntándose con la otra para darme un abrazo. Me di vuelta y la abracé fuertemente, mis ojos se nublaron y mi garganta se atoró con todas las palabras que quería decir. Nos soltamos lentamente, como queriendo no hacerlo. Ella enfrente mío solo me miraba y así me dijo adiós. Caminé hacia el autobús arrastrando mi maleta por el pasillo. Un total silencio rodeó el ambiente. Como espectadoras de una telenovela, las vendedoras nos observaban completamente absortas e inmóviles detrás de sus puestos y vitrinas. Tal vez aguardaban verme regresar en el último minuto, pues al arrancar el bus, soñé escuchar algunos sollozos en la estación.

Tiempo después regresé, pero nadie supo qué pasó con ella, solo la vieron salir del lugar y caminar bajo los focos de luz hasta perderse en la oscuridad.

23 de septiembre de 1999

Recuerdos

Sopla sobre su rostro un tibio hálito de muerte. Pronto verá cómo su vida finaliza suavemente sobre el prado donde su cuerpo reposa desde ya hace algún tiempo. Su fin llegó justo en el momento en que se creyó felizmente eterno y eternamente feliz. Iba camino hacia la gloria y se encontró con la derrota.

La brisa agitaba su cabello, la brisa de un día soleado, un día hermosamente iluminado, una luz que resaltaba los verdes matices de aquel lugar, un lugar de infinita calma, de máxima quietud, de increíble soledad. Solo estaba, lejos de todo y de todos, solamente acompañado por sus recuerdos, dulces recuerdos. El viento hacía volar las hojas sobre el piso en ascendentes espirales invisibles. Sus pensamientos se acallaron, inundó su mente con un sinnúmero de imágenes, todas verdes, radiantes, gélidas. Caminó hacia un claro en el matorral, allí se sentó y rememoró uno a uno todos los días que pasó junto a ella. Recordó su cabello, recordó su figura, recordó su bello rostro de alegría. Recordó este lugar donde escribo ahora. Y también recordó la tristeza que en ese instante lo invadía. Pero ya no eran sino recuerdos, su vida ya los había vivido, esos momentos, lugares y sentimientos ahora yacían tendidos en el prado, respirando sus últimos minutos de existencia. Su destino culminaba en ese lugar, su vida pasada moriría bajo un radiante sol vespertino en un alucinante paraje. Sus recuerdos dejarían de rondarlo y con ellos moriría su esperanza.

15 de octubre de 1999

Amor y Temor

Una mirada suya me levantó de mi silla. Atravesé el salón hacia ella. Cuando la tuve casi al alcance de mis manos repentinamente salió por una pequeña puerta detrás de ella antes invisible para mi percepción. La seguí de cerca por todo el edificio, la vi caminar por lo amplios pasajes adoquinados hasta la entrada principal. Al salir a la calle la tardía luz rojiza me abrazó inundando mi pecho con su calor.

Por un momento quise quedarme allí, pero me vi atado a su sonrisa, suave, amable y amorosa. La seguí, cada vez más convencido de mi suerte por haberla visto. Casi salíamos del pequeño pueblo, a lo lejos, negras nubes se deshacían sobre la verde pradera. Llegamos, mejor, ella llegó a una pequeña construcción al lado del ya polvoriento camino. Se detuvo y me detuve. Vi su pequeña silueta azul rodeada por un halo púrpura, un vaho violeta de radiante lucidez. Repentinamente una densa neblina cayó sobre nosotros congelando aquel momento en mi memoria. De nuevo, ella desplegó una amplia sonrisa seguida por un sutil movimiento de su cabeza. El resplandor de sus ojos me indicó mi destino. Caminé hasta un risco a unos metros del camino desde donde se entreveía un profundo acantilado delimitado a lo lejos por las ya ennegrecidas y magníficas montañas de la eterna cordillera. Su mano se posó sobre mi hombro, mis ojos se acomodaron en sus labios que lentamente modulaban mi nombre. Giré hacia el abismo, infinitamente profundo igual que mi alegre depresión. Sus dos manos bajaron por mi espalda calentándome con su caricia. Al llegar al medio se detuvieron y con un firme movimiento me sentí impulsado al vacío. No tuve que ofrecer resistencia, así lo quería. Solo caí. Volé. Floté. Su voz me llegaba claramente repitiendo incesantemente mi estúpido nombre. Nunca supe su nombre, simplemente morí, feliz de haber sido empujado por ella, aquella mujer a quien amé y que nunca conocí.

9 de marzo de 2000

El objeto de hacer las cosas sin objeto

Sin ningún objeto alguno, un día nací y así continué mi vida: haciendo cosas sin objeto. Aunque muchas veces he oído y yo mismo lo he dicho, que todo tiene un sentido, una razón de ser, me doy cuenta que mi mayor placer lo encuentro cuando realizo algo sin objeto. Sin ningún objeto te conocí, y aunque desde siempre sentí una inmensa atracción por ti, sin objeto alguno nunca te dije nada. Sin objeto otro día te expresé mis sentimientos sin siquiera saber o tener idea alguna de lo que tú sentías por mí. Tal vez esto sea lo que me motiva a hacer las cosas sin objeto: el extraño placer de lo inesperado, de no saber qué suceda como consecuencia de tal acción. Llevo cuarenta y cuatro horas lleno de ansiedad esperando que sin objeto alguno me digas algo, no sé que podrá ser, por ahora seguiré esperando el momento en que suceda lo inesperado, suceda aquello que nunca ha tenido objeto de ser... El amor.

4 de septiembre de 2000

Inminente

Durante algún tiempo
quise ver
más allá de lo evidente
Cuando lo conseguí
vi que mi muerte
me esperaba
luego de acabar este escrito.

20 de octubre de 2000

Inmóvil

Ayer la volví a ver pasar frente a mí, ida en sus pensamientos, desnuda en sus ideas. Caminaba lentamente por la acera, mirando todo, observando nada.

Yo la veía queriendo tocarla, deseando abrazarla, soñando con besarla.

Pero mi duro corazón no dejaba que mi ser la alcanzara. Mi rostro blanquecino y algo cuarteado no musitaba gesto alguno, y mis ropas, algo sucias por el pasar del tiempo, ya no se movían a pesar del ventoso amor.

Me enamoré de aquella mujer sin nombre, secretaria de algún despacho aledaño, me enamoré de nuevo, yo, la estatua de Simón Bolívar.

21 de octubre de 2000

Verde

Con la primera gota de lluvia comencé a sentir algo fuera de lo habitual flotando en el ambiente. Eran casi las cinco de la tarde y me senté a escribir la manera cómo se desarrollaba aquella tormenta. El frío empezó a apoderarse de mis actos. Mi mirada se congeló en los verdes ojos de un delicado rostro femenino. Estaba tan atento en mi observación que no me percaté que ella ya me estaba mirando. Minutos pasaron antes que mi razón saliera de su letargo y oprimiera mi corazón. De inmediato recorrí toda la sala buscando un refugio para mis imprudentes ojos para finalmente terminar mirando un cuadro rojo con letras plásticas blancas que indicaba el menú del día. Los repetidos intentos en volver a su objetivo por parte de mi mirada me obligaron a levantarme de la incómoda silla metálica e intentar una sutil huida. Pero la ineptitud que en ese momento me inundaba logró volverme el centro de atención del lugar cuando al levantar mi maleta lancé por los aires un juego de platos que impávidos permanecían en la mesa contigua. Ahora no solo todos se percataron de mi presencia sino, adicionalmente, mi permanencia se prolongaría más de lo previsto. No crean que no pasó por mi mente salir huyendo de ese infierno psicológico, pero mi sentido de la responsabilidad -adquirido hace muy poco- me obligó a dar la cara por los destrozos hechos. El cuchicheo en la sala se acalló cuando me perdí del público tras una puerta de letras doradas que decía Administración. Luego de pagar la vajilla que misteriosamente resultó ser una reliquia de porcelana más antigua que mi abuela, me dirigí a la salida de ese despacho. Al llegar a la salida, y tras dudarlo más de una vez, me detuve de súbito justo bajo el marco de la puerta y le pregunté al administrador: ¿quién es la mujer de ojos verdes del cuadro de en medio del salón?

5 de marzo de 2001

Girasol

Sin dejarme llevar por el entorno traté, inútilmente de escribir con la razón; pero definitivamente no pude. Miraba las nubes formando una incongruente y muy compacta masa gris azul a mi izquierda mientras que, hacia la derecha, los últimos rayos de sol alumbraban todo, con ese tono dorado que solo puede dar el atardecer.

De repente llegó a mi tu recuerdo, tan fresco pero tan distante, tan lúcido pero tan efímero. Sólo me quedan cuatro minutos de inspiración para volver a mi rutinaria y monótona vida. Te veo por vez primera, pero parece la última. Quiero sentirme alguien en tus pensamientos, pero ni siquiera soy nadie en los míos. El ambiente se torna expresivamente frío y junto con el sol cae mi felicidad. Me cierro lentamente con el ocaso aguardando que mañana tu luz me vuelva a sonreír, solo para volver a vivir.

12 de abril de 2001

Luna: La Rueda de Mi Vida

Una pálida luna llena nos mostraba el camino; luego de interminables días de ennegrecida soledad, por fin vi que algo tenía sentido. Sus ojos me llenaron con su luz tenue y verdadera, clamorosa sensación de ilógica alegría, motivo sin par, catalizador de un camino infinito en mí vivir. Así pensé en ese momento y así aún lo hago ahora. La ruta que trazó ese instante definió el cómo y el porqué de mis futuras acciones. Me vi claro y preciso, la lucidez me invadió y la certeza invadió cada uno de mis músculos. Pero no era exactamente yo quien develara mi futuro.

Nos acercamos el uno al otro, lentamente, empujados por el deseo, detenidos por la razón. Dos llamas púrpura entrelazadas, bailando suavemente, apenas tocándose. Dos llamas que nunca se unirán porque sus orígenes nunca serán uno.

Ahora la incapacidad me aborda, no hay salida y menos retorno, solo caída. Y me dejo hundir en el profundo abismo de la tristeza, tan rápido que no logré sentir todo lo que pasó, tantas sensaciones que me atropellaron en medio de una alocada experiencia. El ciclo se cumple, y vuelo a estar sólo.

12 de julio de 2001

El Examen

Improductividad mental. Ese fue el resultado de los análisis de laboratorio. Al principio creí que era una broma de mi amigo médico. Él, en un tono muy serio me leyó el examen y se dispuso a explicarme las causas y consecuencias de mi enfermedad (esto de enfermedad ahora lo pongo en duda).

- Todo comienza con un ligero malestar en la boca del estómago- comenzó mi amigo. Se puede llegar a creer que es consecuencia de la falta de ingestión de elementos nutrientes.

- Ah, hambre.

- Si así es- me dijo mirándome de tal forma que me sentí obligado a callar y escuchar. Sin embargo, así se engulla un suculento manjar la sensación continuará, más aun en presencia de ciertas personas.

- Tiene razón, ahora que recuerdo todo comenzó así.

- Sí, pero solo es el comienzo.

Me di cuenta que esto sería más largo de lo que suponía, así que me acomodé en el sillón y relajé mis hombros, subí un poco la cabeza y encendí un cigarrillo. Mi amigo me dejó hacerlo. Él sabía que yo no fumaba pero esta situación merecía algo que calentara mi interior.

- Todo esto va acompañado de un cambio gradual en la personalidad. Se empieza a percibir el mundo de una manera, como decirlo... Anormal.

- ¿Anormal? Eso suena ofensivo mi querido amigo ¿Cómo así que anormal? Yo sigo viendo todo de la misma manera, es más hasta he mejorado mi capacidad de observación, los detalles se me hacen más evidentes que antes.

- ¡Eso es! Es una deformación de la realidad. No está viendo las cosas como son: la mente añade de golpe supuestos irreales a los que los ojos, el mecanismo físico de percepción óptica, captan.

Eso me tomó por sorpresa. Primero me dicen que me estoy volviendo idiota, y ahora loco. Mi paciencia se empezaba a agotar. Luego de toser un poco me tragué otra bocanada de humo. Me quise parar y salir corriendo de allí pero una mano en mi hombro me detuvo. Giré la cabeza y ahí la vi. Estaba radiante y su mirada me trasladó a otro universo. De inmediato olvidé todo lo que me habían dicho. Volví la vista hacia mi amigo, le quité los resultados y salí sin despedirme.

Ella me abrazó y caminamos por el parque en silencio. Me detuve de repente y la miré fijamente a sus preciosos ojos. Vacilé un instante en contarle mi situación. Una lágrima rodó por su mejilla mientras me decía que sin importar el resultado siempre estaría a mi lado. No salió una palabra de mi boca, solo atiné a darle el maldito papel. Cuando ella lo tomó caí en cuenta que ni siquiera lo había leído.

El viento arrastraba algunas hojas rojizas sobre la calzada, el cielo estaba azulmente despejado y algunas golondrinas trinaban en los árboles aledaños. Ella leía la arrugada hoja sin siquiera mover una pestaña. Mi inquietud se acrecentó cuando ella dobló el papel y me miró. Ese instante me pareció eterno; pude ver cómo sus cabellos se levantaban uno a uno hasta despejar por completo su rostro. Nunca había visto a alguien tan detalladamente como ahora lo estaba haciendo. Cada poro de su piel se me hacía tan complejo como un mundo entero. De repente el tiempo volvió a su curso normal, y la hoja voló a lo lejos.

- ¿Qué dice?- le pregunté ansioso.

Me miró y sonriendo me dijo que tenía un grave mal. Estaba enamorado.

23 de agosto de 2001

3^3

Con un solo propósito realizó todas sus acciones; con un solo objetivo se empeñó en superar todo esfuerzo realizado; con una única meta exploró todos los confines del conocimiento humano. En cuerpo y alma un solo ser de delicada sonrisa se entregó a aquella inconcebible y casi irreal tarea de saberlo todo sólo para darse a sí misma una sola y la más simple respuesta.

Pronto llegó el ocaso de otro año para Jana. Pero este no sería otro amanecer más, era el momento de rendirse cuentas de sus adelantos para iniciar el trabajo final. Tendría todo un año para organizar sus notas de campo, indexar sus apuntes y controlar todos los documentos elaborados en el transcurso de dos décadas de investigación. Según un metódico plan definido con mucha antelación aguardó la tan esperada fecha. Con una firme intención (la cual siempre ha tenido para todo lo que se propone hacer), se dispuso a iniciar su nueva labor. Varias semanas transcurrieron en completa calma, el trabajo preliminar ya casi había sido terminado y se disponía a marcar como culminada una primera etapa, cuando de repente llamaron a su puerta, y como no había de esperarse, allí, frente a una blanca puerta de madera, estaba yo.

Al abrir la puerta casi caí estupefacto. No lo podía creer, justo en el apartamento de al lado, quien sabe cuánto tiempo, había estado ella allí. Como de costumbre lucí como un perfecto idiota; aunque notoriamente disgustada por la interrupción, lucía aquella sutil e intrigante sonrisa que evitó que cualquier cosa coherente saliera de mi boca. No podía dejar de mirar sus finos labios moverse al unísono de una oculta armonía de elaborada composición. Un momento... sus labios se movían, algo hermoso se podía escuchar detrás de la estridente voz de Ricardo Arjona aullando sus canciones... Sí, ella me hablaba, y yo no tenía ni idea de qué me decía. Cuando pude discernir entre sus palabras y la melodía que ellas provocaban, me di cuenta que me hablaba en un desconocido dialecto.

–Disculpe señorita, pero solo hablo español, ¿me entiende?

–Por su aspecto, y al ver que no me respondía cuando le hablé en español, creí que era iraní. En este barrio viven algunos que conozco y con quienes hablo con frecuencia.

–Err... esto... mmm...

–¿Le puedo ayudar en algo? Tengo algo de prisa por mi trabajo.

–¡Sí! Discúlpeme, es que hoy amanecí algo torpe (cuando no, pedazo de idiota)

–Pues parece que eso es muy frecuente en usted.

En ese momento intenté volver a la tierra. Me estaba ofendiendo y yo mantenía esa estúpida sonrisa en mi rostro. Además, ¿quién era ella para insultarme sin siquiera conocerme?

–Disculpe que se lo diga, pero yo creía que tenía por vecino algún anciano víctima del mal de Parkinson, pues a cada rato oigo platos rotos, vociferaciones irrepetibles, cosas que se caen y mas vociferaciones irrepetibles.

Su sonrisa ya no me engañaba (de eso intentaba tratar de convencerme). ¡Un árabe! ¡Un idiota! y ¡Un anciano enfermo! ¿Qué más me iría a decir? Ya decía mi papá: entra más bonitas, menos te convienen.

Ya me iba a dar la vuelta para dejarla hablando sola cuando me percaté de mi realidad. Se me había cerrado la puerta y había dejado las llaves entre el pantalón, si, estaba aun en mi acostumbrada ropa para dormir: una pantaloneta de cuadros y una camiseta con una muñeca pintada en frente.

Sin un peso encima, sin nadie conocido en este edificio, con un aspecto más que reprobable, y sin otro vecino en el lugar (todos al parecer habían decidido evitarme a toda costa) sólo estaba esta sarcástica intelectualoide (lo decía por sus gafas cuadradas de marco grueso). O me rebajaba cual babosa ante una libra de sal, o tendría que salir a mendigar un cerrajero.

–Que pena, y de nuevo discúlpeme por interrumpirla (la cortesía no era mi fuerte, pero por algo había que comenzar) pero me quedé por fuera por salir de prisa para sacar la basura. ¿Me podría hacer el favor de prestarme un teléfono y un directorio para llamar a un cerrajero?

De nuevo era yo, o por lo menos lo que quedaba de "yo" luego de su cariñoso recibimiento. Sería cuestión de minutos, sólo un par de llamadas y no tendría que volver a verla.

–Siga, y le convendría pues se ve qué se está congelando con tan poca ropa puesta. El teléfono está por allí, sígame.

Recorrimos un pasillo tapizado con libros de los más diversos talantes. A pesar de que ambos apartamentos, este y el mío, eran iguales, me parecía estar en otro universo. Tantas cosas y tan metódicamente ordenadas le daban un aspecto similar a las bibliotecas que había visto por televisión. Al entrar al cuarto de la derecha quedé estupefacto, parecía una central de comunicaciones de la CIA, varias pantallas de computador, un gigantesco armario repleto de bombillitos y cables llenaba media pared lateral y en frente de esta una enorme pantalla como la que tienen en el almacén a donde voy a ver gratis los partidos de fútbol los domingos.

–Ahí está el teléfono y aquí el directorio. Si necesita algo estaré en la otra habitación.

–Gra...

No me dio tiempo a decirle nada, desapareció silenciosamente dejándome con mis agradecimientos en la boca.

Me senté cómodamente en un sillón de aspecto gerencial y me puse en la labor de buscar algún cerrajero de turno. Primeras tres llamadas: infructuosas, nadie respondía. Bueno, ya no sería alguien del vecindario el que se ganaría una bonificación. Seguí intentando: nada. Esto se tornaba desesperante, no podía creer que no hubiese alguien que me pudiera ayudar. Empecé a hojear el directorio en desorden leyendo uno u otro aviso mientras pensaba en qué hacer cuando sentí que me observaban.

–¿Ya viene en camino?

–¿Ahhh?

–El cerrajero, ¿qué si ya viene en camino?

–Esto... Pues al parecer hoy es el Día Internacional del Cerrajero a Domicilio (para los efectos de este cuento, efectivamente era el Día Internacional del Cerrajero a Domicilio). Nada, nadie me contesta. No sé que hacer...

–Pues en la sección de Artilugios Sexuales no creo que encuentre la respuesta.

De nuevo metí otro autogol con la Señora Perspicacia. Luego de leer un aviso de Tejas Plásticas cambié de página sin saber dónde caer.

–Si, tiene razón, creo que tendré que romper la puerta a empellones. Definitivamente hoy no es mi día.

–Lo ayudaría gustosa, pero no soy muy amiga de las soluciones violentas de los hombres. Tenía un taladro de mano, pero lo presté hace poco a un familiar que vive lejos.

Qué bien, ahora soy todo un troglodita, y con mi aspecto actual no me queda muy difícil hacer ese papel.

–¿No tiene algún amigo o familiar que le pueda ayudar?

–Verá, aunque vivo hace un buen tiempo en esta ciudad, no soy muy afecto a entablar amistades, y las pocas que tengo de nada me serviría en estos casos.

–Pues ahora usted me deja perpleja, se ve que es un tipo (¿tipo me dijo?) desparpajado y rumbero.

–Las apariencias engañan, nada más distante a la realidad. Ni siquiera la había visto a usted luego de quién sabe cuénto tiempo.

–Si, tiene razón. Dos años hace que se pasó usted aquí y es la primera vez que lo veo. Bueno, le propongo una última solución, eso sí, no se haga ideas erróneas.

–Pues sólo dígame que lo tomaré lo mejor posible.

–Quédese esta noche, le prestaré algo que le quede y mañana intentará abrir de nuevo su puerta.

Un ataque repentino de estupidez me mandó de nuevo a la silla. La idílicamente preciosa mujer sarcasmo me estaba invitando a pasar una noche en su biblioteca. A excepción de la cocina, baño y sala de cómputo, todo estaba rodeado de libros. Si por ella fuera el papel tapiz de las pocas paredes a la vista serían hojas de algún libro.

No dudé en aceptar, pero no sabía porqué lo hacía. Sí, ella era totalmente hermosa, pero ¿qué podía hacer o decir yo todo un día y una noche con un cerebrito como ese?

Pronto me trajo un overol azul con un raro logotipo hexagonal bordado en una de sus mangas. Me lo puse y sentí que la sangre volvía a mi cabeza, no me había percatado de lo entumido que me encontraba.

Me preparó un té caliente y nos sentamos a hablar. Me preguntó por mi profesión, por mis gustos y mis aficiones, en otras palabras sondeó mi vida sin siquiera darme por enterado. Y por lo que luego supe, ese día se enteró de muchas otras cosas más sobre mí que yo ni había mencionado. Definitivamente era la Señora Perspicacia.

Así transcurrió el resto del día, yo hablaba y ella me escuchaba. Al llegar la noche me dio unas cobijas y me dijo que podía dormir en un abullonado sofá en una pequeña salita de estar.

Al otro día muy temprano llamé y de inmediato llegó un cerrajero que en un dos por tres abrió mi puerta. Me despedí de ella y le agradecí infinitamente toda su ayuda. Ella sólo sonrió y luego se fundió en las sombras detrás de su puerta.

Rápidamente me arreglé, seguí con lo que había dejado el día anterior, cuando de repente escuche una puerta abrirse. Salí corriendo para ver si era ella, pero no, era Sara, la regordeta vecina de la izquierda. Venía atareada tratando de asir varios paquetes con un solo brazo. Le ayudé a abrir su puerta y a acomodar todos sus paquetes. En uno de ellos traía un pequeño pastel y lo vigilaba constantemente. Le pregunté para quien era (no creo que para mí). Me dijo que hoy era el cumpleaños de Jana la vecina del 303. Ahí caí en cuenta que ni siquiera le había preguntado su nombre. Sólo hable yo, todo un día contándole de mis "magníficas" experiencias de soldado raso, y ni siquiera le había preguntado su nombre.

Sara me contó parte de su vida. Era una joven muy inteligente, hacía fácilmente amigos y a todos los trataba por igual. Tenía una rutina metódica, trabajaba en casa tres días a la semana y salía no sabía a dónde el resto de la semana. Raras veces venían extraños a visitarla, pero cuando lo hacían salían con una extraña sonrisa en sus rostros y casi mudos por completo.

Hoy cumplía 27 años. Ella decía que hoy sería un día muy importante en su vida, que sería el momento de una transición a una nueva etapa de su vida.

Ahora sí, me sentía como un total inútil. Para mi sería otro día más de mi superflua rutina de trabajo y ocio, más ocio que trabajo por estos días, mientras que para ella sería un grandioso y espectacular día. Salí hacia mi apartamento cabizbajo y pensativo, cuando me tropecé con ella de nuevo.

–¿Otra vez perdió sus llaves?

–Errr... no, disculpe, no la vi venir. Esto... feliz cumpleaños... Jana.

–Gracias, veo que estuvo hablando con Sarita. Ella es casi una madre para mí en este lugar. Pero no crea todo lo que dice, Su capacidad de multiplicar las cosas hace de una gota una tormenta.

–Si, ya me había percatado de ello. Tome, esto es para usted.

Sin siquiera pensarlo, saqué de mi bolsillo un antiguo reloj de bolsillo regalo de mi abuelo y la única herencia que aun poseía.

–No sé lo puedo aceptar, se ve que es muy importante para usted. Además le podrá hacer falta para cumplir con sus compromisos.

–No, es en serio, acepte este minúsculo regalo en este día tan especial (eso sonó a frase genérica de tarjeta de felicitación) y también como agradecimiento por lo que hizo ayer y hoy por mí.

Me miró muy atentamente. Creí que luego vendría desde un abrazo hasta una bofetada. Solo sonrió, tomo el reloj entre sus manos y me beso en la mejilla.

"Siguiendo la insana tradición del reconocido escrito, divagó sobre sus escritos en una constante búsqueda de la inexistente coherencia de sus palabras. Más sin embargo, y a pesar de su inútil labor, murió con una sonrisa en su rostro y una pluma en su mano"

Adam C. Dalle. Visions. 1712

Ser

En ciertos momentos de la vida, sobre todo en aquellas ocasiones en que el calor abruma los sentidos, uno ve como el tiempo, implacable enemigo de las ilusiones, ha horadado y oxidado nuestro destino.

Recuerdo cuando joven la feliz incertidumbre de mi existencia. Nada me importaba. ¡Hermosos recuerdos!

Ahora, decrépito y derruido, el árbol que me vio nacer vive sus últimos momentos. Y al igual que él, mis vetustos ropajes albergan un envejecido cuerpo, decrépito y derruido. Pero ese árbol y este cuerpo, agobiados por la fatigante existencia, no son sino el vehículo de algo más supremo y eterno, algo perenne que al morir transmutará y seguirá existiendo. Hoy, por vez primera, me alegro de conocer mi futuro, mi felicidad será no dejar de ser.

17 de junio de 2002

Tríptico

Así comenzó todo. En algunas ocasiones me detuve para mirar el pasado, intentando indagar lo que contenían todos esos oscuros hechos. Con un deseo sublime por superar mi tristeza, caminé por el sendero trazado por los fantasmas de los recuerdos, sin resistirme, sin sentirme intimidado, sin el temor al próximo paso.

Era una noche de abril. La luz de los focos iluminaba impecablemente el prado del parque. Descalzo recorrí el lugar en busca de algo que me sorprendiera. Cuando mi conciencia regresó a mi mente, me vi tirado en el jardín siguiendo las líneas que dejaban a su paso las gotas de rocío que rodaban en el medio de unas grandes hojas. Me quise levantar, pero ni siquiera podía mover mi cabeza; me sentí atado, no, más que eso, me sentí petrificado. Solo mis ojos se movían, casi en contra de mi voluntad. Así vi cómo se rasgaba el cielo con los primeros colores del alba. Todo esfuerzo era vano e inútil, no lograba mover un solo dedo. Pero de la desesperación pasé a la tranquilidad. Mi cuerpo se hizo más lento, más denso. Cerré mis ojos, no los necesité más para sentirme vivo. Con el paso del tiempo aprendí a moverme de otra manera, más sutil y armoniosa. Finalmente lo conseguí, en una explosión de alegría, y con un impulso desde lo más profundo de mi ser, florecí.

uno

En medio de la bulla de la época, y rodeado de miles de personas, yo seguía solo. No es difícil imaginárselo. Una persona con mis ideales y metas pocas veces puede hallar a alguien que son sus palabras logre traspasar más allá de mi corteza cerebral. Con mi actitud hosca y huraña, fachada de un mundo triste y solitario, evadía cualquier intento de socializar. Inmutable como un roble permanecía de pie soportando los vendavales que intentaban arrastrarme al interior de este mundo superfluo y banal. Pero cuando mis hojas empezaban a perder su esplendor, mi vida se agotaba y mis fuerzas decaían, en ese momento la vi. Bella y fresca como un amanecer, clara e impecable como una gota de agua, llena de bondad e inconsciencia, ella brilló para mí. Mi armadura se desmoronó con su mirada, mi espada se oxidó con su voz, y caí rendido a sus pies, vencido por el hechizo de la blanca señora de la eternidad.

dos

En esta villa remota y pacífica todos éramos amigos, casi hermanos. Nadie guardaba secretos, mi vida era tan conocida como la de todos los demás. Y esto no era impedimento para ser felices; aun conociendo los defectos y desviaciones de mi vecino, aun así seguía siendo mi amigo. Infortunadamente existía algo que nos desvelaba, algo remoto que siempre estaba presente en todo momento dentro de nuestros pensamientos. No conocíamos nuestro origen, y esto, para un ser con consciencia, es extrañamente aterrador. Pero nadie estaba dispuesto a presuponer ni mucho menos a indagar más allá de lo poco que creíamos saber. Generaciones atrás se impuso el presunto hecho de que simplemente llegamos y ya. Llegar así, llegar a secas, eso desde pequeño me parecía mentira, mas aun al ver tantos ejemplos que diluían el dogma de la generación espontánea. Pero en un típico ejercicio de escuela, ese en donde se siembra una semilla en un algodón húmedo y se ve como crece y se transforma en una planta, en ese ejercicio surgió mi gran idea, la maravillosa y más dañina idea que florecería en nuestra pequeña, pacífica y remota villa. Luego de varios años de análisis, recopilación, síntesis y muchos dolores de cabeza, planteé ante todo el mundo mis conclusiones. Dije que provenimos de dos seres que fueron "sembrados" en la tierra por un eterno Granjero Supremo, quien quiso que existiésemos solo por su propia voluntad. Así, estamos aquí gracias a que alguien así lo quiso. Nadie objetó mis ideas, pero tampoco me dijeron una sola palabra. Sin embargo, todos comenzaron a pensar, y no es que eso sea malo, el problema es que las cosas dejaron de funcionar. Algunos abandonaron su habitual rutina para dedicarse de lleno a la adoración del Granjero Supremo. Yo les expliqué que eso era solo una metáfora, que no tenía que ser precisamente un granjero con pala y azadón, que era un simple simbolismo, pero hasta imágenes y figuras de mi Granjero Supremo comenzaron a llegarme para que les diese mi aprobación "oficial". Pero otra facción de la villa se comportó radicalmente diferente. Concluyeron que si el Granjero nos había sembrado, era con el fin de devorarnos tan pronto como fuéramos suficientes para su apetito, y como el "fin" se veía cerca, no había motivo para seguir existiendo. Me agradecieron por abrirles los ojos y me titularon el "salvador". Todo ocurrió muy rápido, pero un día al despertar, vi cómo la villa ardía hasta sus cimientos. Los adoradores arremetieron contra los fatalistas, y estos sin temor a la muerte, contrarrestaron terriblemente el ataque. Pero yo vivía lejos y no escuché nada. Solo a la mañana siguiente del Apocalipsis vi cómo todo un pueblo de hermanos se había matado cruelmente. Nadie sobrevivió, solo yo, el idiota que pensó de más.

tres

14 de julio de 2002

Castigo

Con un extraño sentimiento que divagaba entre la culpa y el dolor, explicó ante un borroso jurado compuesto por trece heterogéneas cabezas, los hechos que hasta hoy la han atormentado.

Declarada unánimemente culpable, fue enviada directamente al único ajusticiamiento posible para tal caso. Atada con cadenas a una roca saliente en la costa, fue entregada viva para que su amante, uno de los titanes marinos, la devorase.

23 de noviembre de 2003

Rayos

Millares de gotas por segundo cubren mi cuerpo agotado. Me siento cada vez más frío y débil, mientras la incesante tormenta se abate contra mí. No puedo ver hacia lo lejos, mis lentes son una difusa cortina de reflejos y curiosas distorsiones. Sólo sé que me encuentro totalmente perdido en medio de la extensa pradera.

Sin embargo, no me resigno aun.

23 de noviembre de 2003

Leyenda 1

Cuan grande fue su sorpresa al verlo ahí, detenido en el espacio y el tiempo, con una abismal quietud que hasta las rocas envidiarían. Así, congelado en el continuo, parecía una remota sombra del pasado, proyectada por quién sabe cuál demonio temporal. Lo miró una vez más, pendiente del mas leve cambio en su fisonomía, pero nada sucedió. Aun hoy se mantiene en su monótona observación. Su vida ahora está unida a aquel reflejo de su rostro en el lago.

20 de noviembre de 2006

Transparente

Su timidez era a prueba de todo. Nunca fue capaz de siquiera cruzar una mirada con su bonita vecina de toda la vida. Nadie lo conocía. Mañana podría morir y ni la planta que habitaba en su casa lo llegaría a echar de menos (era una mata de sábila).

Fue así como tomó la firme resolución de volverse invisible.

No se lo dijo a nadie, al cabo que no tenía a nadie a quién decírselo. Y no fue para nada difícil, o ¿qué tan complicado sería borrar un rostro que ni el espejo conocía? Luego siguió con sus manos y pies, para no volver a dejar nunca más su huella en nada. El resto fue más fácil aun.

Ahora camina entre nosotros, pero no como una triste alma en pena. No. Camina orgulloso, sacando pecho, feliz de ser el primer hombre invisible de su barrio.

7 de septiembre de 2007

Invasión

Se acercó hacia mí como quien no quiere la cosa. Con mucho disimulo logró hacerse a mi lado. Yo sentía que me observaban por encima del hombro, como cuando uno trata de ojear las noticias en el diario que va leyendo el pasajero de enfrente.

Giré mi cabeza en un rápido y seco movimiento, como para tratar de sorprenderla, pero ya no estaba allí. Al volver a mi cuaderno la vi sentada en frente mío, silenciosa, inmutable.

Alguna vez me la habían presentado. Fue saliendo de misa; el señor serio, como yo le decía al sacerdote de la iglesia, un día nos reunió a mí y a otros cinco niños y nos contó una historia que nunca entendí, y al final le hizo un gesto a una señora que estaba cerca, y que de manera muy tosca nos dijo su nombre.

Y ahora la tengo de nuevo mirándome de frente. Igualita que en ese entonces. Todos me han dicho que ella es muy importante, tanto que hasta hay instituciones del estado que se dedican solo a ella. Pero a mí me parece solo alguien del común, y la verdad que poco me interesan sus asuntos.

Ahora me habla, con un tono de reproche que no me lo aguanto. Me está juzgando sin siquiera conocerme, me dice cosas que nadie más que yo sabía, y algo muy profundo se retuerce en mi interior. No me gusta. Me está invadiendo la culpa.

10 de septiembre de 2007

No son buenas amigas

Ella, una joven de unos veinte años, vestida con una larga falda blanca con manchones azules, hacía fila en la cola de un banco. Cabizbaja, parecía que, de un momento a otro, la atacaría el llanto. Cogía el papelito de la transacción con tal suavidad que una leve brizna lo llevaría más allá del alcance de sus manos.

Atrás de ella una chica un poco mayor, con la cara estrellada de pequitas cafés, miraba para todos lados. Sus manos parecían tener vida propia: se enredaban entre su cabello, corrían por la banda negra del separador, se encontraban y formaban caóticas figuras con sus dedos.

Vestía una chaqueta corta de un color indescifrable, llevaba un pantalón de dril lleno de parches y rotos, y remataban unos zapatos deportivos absolutamente cubiertos de polvo.

De repente, el único cajero del banco se paró de su silla y, como un mensajero de la muerte, dijo en tono sepulcral: "no hay sistema".

La chica de enfrente salió de su letargo y solo pudo ponerse a llorar. La otra, en un vano intento por calmarse, intentó fumarse un cigarrillo, pero el guardia se lo rapó de entre los labios y le señaló el aviso en donde se mostraba una colilla tachada con una gran equis roja.

Sin más remedio salieron ambas. Yo iba detrás. Creí ver en ellas rostros conocidos, pero nunca haberlas visto juntas. Tristeza y ansiedad no son buenas amigas.

10 de septiembre de 2007

Amigos

A Gustavo Londoño, mi amigo

Fui su último amigo. Él, con la tranquilidad que otorga la senectud, me conoció sin yo estar buscándolo. Casi de inmediato su amabilidad y transparencia me hicieron quererlo. Pero yo no me daba por enterado de lo que sentía por él.

Fueron pocos días los que compartí a su lado. Una noche me llamó para terminar parte del trabajo por el cual nos conocimos. Estaba en su cama, y lo acompañaban dos de sus amigas sentadas a su lado. Dos días después murió. Fui su último amigo.

10 de septiembre de 2007

Transformación

Metal. Soy el origen de muchas cosas. Trozos de mi ganaron guerras. Pequeñas de mis brillantes chispas amarran los parales de un antiguo navío. Yo, en cóncava posición, sirvo para darle el sustento a una familia. El hombre me ha moldeado incluso a su imagen y semejanza.

Ahora rojo ebullendo en una incandescente caldera espero a que mi evolucionador me dé una nueva forma. ¿Qué será de mí? ¿Un cañón, un auto o una cuchara? ¿Un alfiler o una grúa?

Con premura siento cómo alguien abre la caja en que me encuentro. Capto la ansiedad en sus dedos, buscando afanosamente sacarme de aquí. Finalmente ella me mira mientras palpa mi suave superficie con notoria alegría. Casi llora cuando le dice a él: mi primera lavadora.

17 de septiembre de 2007

Jesús

Si algo lo caracterizaba era su infalible memoria y su afición por las canciones de Helenita Vargas. Su rostro siempre tenía la expresión del que está a punto de decir algo. Sus labios entre abiertos y la punta de la lengua intentando escapar de entre sus dientes, lo hacían lucir como un hablador empedernido. Los ojos atentos y la barbilla adelantada acentuaban su expresión. Pero todos creían saber cuál sería su discurso. La gorra con el bíblico lema "el SEÑOR es mi Pastor" irremediable y equívocamente lo delataban. Pero él no había tenido oportunidad para elegir. Jesús, 33 años, Iglesia Evangélica del Séptimo Día, vigilante, mudo.

17 de septiembre de 2007

Otro día más

Sus pertenencias se reducían a lo que llevaba encima: su ropa, una maleta negra llena de recuerdos sin valor, y una cajita con dulces, cigarrillo y fósforos.

Caminó hacia un costado de la calle donde, con cierta confianza, saludó a un par de hombres vestidos de overol. Ellos sacaron de la cajita un par de cigarros y le dieron unas cuantas monedas. Él sonreía mientras intercambiaba algunas palabras con los dos trabajadores, pero esa era una risa triste, hundida por el peso de la derrota.

Sus rasgos finos y esa intención de orgullo que se dibujaba en su rostro, tal vez podrían llegar a revelar un poco de una exitosa historia. Pero su caminar lento, como sin esperanzas, lo hacía ver como otro más de los perdedores de la vida.

La insulsa recompensa de las monedas recibidas apenas era un minúsculo paso al inicio de este nuevo día.

Unos papeles que llevaba en su mano izquierda volaron un corto trecho. Como sin ganas los siguió y cómo pudo los recogió del suelo evitando estropearlos en el acto. Representaban unos centavos más si los podía vender.

La gente que esperaba en las puertas del teatro poco a poco fue desapareciendo en su interior. De nuevo la calle quedó vacía. El se sentó unos momentos en la acera. Examinó en sus bolsillos. El día comenzaba con 500 pesos.

17 de septiembre de 2007

El Transformador

Un Mundo sin luz
Un Universo sin movimiento
Un lugar ajeno al sonido
Muerto, diría alguno
Triste, tal vez otros
Cuan equivocados están todos
Habito en un lugar y espacio
Regido por los poderosos influjos de las ondas
Yo y mis millones de congéneres,
Que agrupados en minúsculos reductos,
Realizamos la increíble proeza de la transformación.

En la quietud de nuestro mundo,
La furia de lo intangible
Se agita
Incesantemente en constantes ciclos
Moviendo fuerzas apenas reconocibles
Y para muchos inexistentes
Somos
El Transformador.

24 de septiembre de 2007

Los Poderosos

Ayer ellos volvieron, y en verdad me cogieron por sorpresa. Sus rostros estaban curtidos por el liquen de años bajo tierra; pero se veían igualmente poderosos, tal como los conocí.

Fue hace muchos años, en uno de mis interminables viajes en algún bus amarillo de regreso a casa, cuando los vi por primera vez. A un lado del camino uno de ellos me sonrió mientras levantaba su mano para pasársela por el cabello.

El bus esperaba a una fatigada anciana que intentaba darle alcance mientras yo los miraba a ellos. Sus magníficos cuerpos eran casi de ficción. Me imaginaba las increíbles hazañas que podían lograr. Pero estaba equivocado. Eran mucho más que increíbles, eran casi dioses.

De ahí en adelante, y durante todo el tiempo que pasé por la misma ruta, me detenía a mirarlos, y ellos lentamente se fueron encariñando conmigo. Terminamos siendo amigos y en varas ocasiones me acompañaron en mi viajes. Pero un día no volvieron. Y por alguna extraña razón no los eché de menos.

Ayer regresaron. Emergieron de algún socavón en donde estaban enterrados, en donde seguramente alguno de sus terribles enemigos los había sepultado. Y volvieron de nuevo a mí. Volvieron mis amigos de la infancia, regresaron ellos, mis amigos

24 de septiembre de 2007

Adicción

Letras
Una sucesión de letras formando palabras
palabras formando frases
frases creando párrafos
párrafos llenando páginas
páginas armando libros
Su mano no se detenía
No podía
Absorto
seguía en su tarea
Incansable
Compulsivamente
creaba
una y otra vez
textos llenos de si mismo
reflejos de su ser interno
inundados por esa fauna
que sólo él podía imaginar
Como atornillado a esa silla
continuaba haciendo de su vida
letras en una hoja
No tenía remedio
Era un adicto a la escritura.

1 de octubre de 2007

Candidato

En momentos como este él siempre decía: "Si no voy a hacer las cosas mal, mejor no las hago". Y la verdad no sé cómo todo le salía bien. Sus extremas posiciones ante la vida lo habían hecho merecedor de un sinnúmero de furiosos fanáticos y de una miríada de acérrimos contradictores. Desde la tarea más banal, cómo barrer el piso o clavar una puntilla, la hacía con plena conciencia de sus actos. Hoy, a minutos de conocer la suerte que le deparará la decisión popular, vestido como cualquier otro en el recinto, entiendo por fin el significado oculto tras su lema personal.

Desde la distancia Miguel Ángel trata de empinarse para ver al candidato. Él lleva más de ocho meses dedicado a que todo salga bien hoy. Desde el reducido cubículo donde ha trabajado inagotablemente todo este tiempo, ha visto como todo un perfecto desconocido hace un año, se ha remontado, incluso, sobre legendarios adversarios que han tenido el poder por más de cinco generaciones atrás. Uno tras otro ha caído, e incluso, se han adherido a sus filas. Hoy, el mano a mano con el único y más poderoso contendor que logró mantenerse en pie, está a punto de finalizar. Miguel sabe que su jefe ganará.

Mi rival, mi propio padre. Ni él mismo se lo esperaba. Pero mi trabajo constante, desde lo más bajo del subsuelo, me ha permitido ascender lentamente hasta donde estoy hoy. Me siento tranquilo, confío en todos mis movimientos previos, y sé que mi descarada sinceridad y mi falta de misticismo serán mis armas más poderosas. Años atrás, cuando él me sacó de su casa como a una apestosa alimaña, me dejé consumir por la ira y la desesperación. Pero mi paso por el mundo me ha hecho un ser reflexivo, metódico, astuto. Él sigue en su pedestal de la arrogancia y estoy seguro de que va a caer con mucha fuerza desde allá. Hoy será mi día, todos votarán por mí.

Con un resultado avasallador, y por decisión unánime de la humanidad entera, Lucifer derroca a Dios de su trono.

1 de octubre de 2007

Una voz celestial

El aire comenzó a ondular a medida que las potentes vibraciones eran emitidas desde la garganta de aquel magnífico aparato,

Su hermosa voz, capaz de interpretar el ruido de una cascada, o el suave aleteo de una mariposa, siempre me ha intrigado. Pero hoy es un día especial. Él cantará solamente para mí. Aunque muchos han tenido ese honor, considero que muy pocos lo habrán disfrutado, tanto como espero hacerlo yo. Los primeros acordes de inmediato me transportan a un irreal mundo lleno de pequeñas cosas del pasado: un libro, un arbusto, un ocaso en la montaña, un par o tal vez hasta tres palabras, un poema críptico escrito en latín, algunas imágenes de figuras claramente definidas, rellenas con colores planos, un saco de lana, un primer beso; todo ello reunido en el espacio tan vasto que puede darnos un segundo.

Él sigue su interpretación. Yo sigo conmovido hasta las lágrimas. Él es un maestro, yo, sólo un pobre afortunado. Siento como las olas del sonido rompen frente a mí, un burdo acantilado. Finalmente, su cántico se va acallando lento, y me doy cuenta que la luz del exterior era sólo un producto residual de las notas de su garganta. Todo se oscurece, mientras un tenue murmullo se diluye en el ambiente. Y muero. El ángel negro me ha dado un último concierto.

8 de octubre de 2007

Tranquilo

Me encuentro a unos ocho kilómetros del pueblo. Mientras permanezco en este claro del bosque alcanzo a ver a lo lejos la torre amarilla de la iglesia. Siempre quise pintarla, pero el retrógrado cura hacía lo que fuera por impedírmelo. Me decía que era una acción blasfema, que el Señor bajaría de su cruz y me azotaría por todo el pueblo. El cura ya murió y yo pinté su iglesia incontables veces. Ahora, viéndola desde aquí, me produce una tranquilidad inconmensurable su rígido aspecto, erguida en medio de un centenar de irregulares chozas.

El sol llega al cenit, el calor abraza todo mi cuerpo. Nunca me acostumbre a él, aun luego de pasar toda una vida en este maldito horno. Espero que el infierno, al cual ya me han destinado, no sea el hogar de las llamas eternas, simplemente no lo soportaría.

Vuelvo de nuevo la mirada hacia el pueblo, pero fijo mi atención en las montañas que lo rodean. Se ven de un tono violeta, como pintadas con el color equivocado.

Escucho a alguien proferir algunas palabras, y entonces me sacan de mis pensamientos. Aun así, sólo quiero guardar para siempre el recuerdo de la imagen de mi pueblo desde la lejanía. Así cierro mis ojos y repaso cada uno de los matices y formas que logré captar. Escucho el ronco sonido de varios rifles disparando, y caigo fusilado.

8 de octubre de 2007

Era mi destino

Me sentí abrumado de perderlo todo. O por lo menos eso era lo que creía. Botado del trabajo, abandonado por mi esposa, desterrado de mi casa, expropiado por los bancos. Totalmente perdido, sin un solo amigo a quien recurrir, solo en medio de esta jungla de acero, concreto y cristal, durmiendo en un cuarto de algún hotelucho del centro, comiendo una vez cada dos días, vendiendo y empeñando hasta la ropa. Pocos me reconocerían ahora, afortunadamente. Mi ego es lo único que me queda, ojalá lo pudiera vender por un plato de sopa.

Así, tan desgraciado como me sentía y veía, sólo me restaba pedir limosna, y así terminó siendo. En una esquina cualquiera, barbado y andrajoso, me paré a mendigar la caridad ajena. Y allí lo vi todo con total claridad. Recordé cómo, día tras día, yo mismo me iba encargando de horadar los cimientos de mi vida, huyendo de la realidad, ahogando mis sentimientos en el alcohol y las drogas, traicionando la confianza de quienes me rodeaban.

Aquí en esta esquina me quedaré plantado, echaré raíces, sacaré hojas, me moveré con el viento. Me doy cuenta que esta nueva etapa era mi destino, ser un árbol. Una acacia o un roble, no importa, el eucalipto del lado es Jorge, mi jefe.

16 de octubre de 2007

"Fue su último beso, nunca más lo volvería a ver. Aquel era su último viaje; este sería su destino. Aquellas ropas blancas de marino serían su mortaja y el inmenso buque su ataúd"

Stephan Halper. El milagro de la vida. 1934

La Puerta

~ 1 ~

Tan preciado objeto no podía llegar a mis manos del modo tal como terminó en mi bolsillo. Una apuesta con un ebrio irlandés me hizo propietario de un reloj de estuche plateado decorado con intrínsecas figuras.

Inicialmente no le di ninguna importancia al asunto, sin embargo, una serie de eventos aparentemente inconexos me fueron abriendo los ojos a una realidad casi tan absurda como terrible.

Mi fuerte nunca ha sido la investigación. Siempre he preferido el análisis de los resultados finales, emitir veredictos y entregar conclusiones, pero nunca investigar. El solo hecho de verme buscando pista infructuosamente, desperdiciando horas y horas siguiendo un nebuloso rastro, me parece de lo más tedioso y frustrante que pudiese llegar a hacer.

Pero como al que no le gusta la sopa se le dan dos platos, ahora me encuentro tras la pista de un par de hampones de bajo talante que son mi única seña para lograr entender el porqué de todo este sinsentido.

~ Un día de lluvia ~

En el camino hacia Brisbane se encontraba la tienda de un viejo comerciante de lanas. Era una casa antigua a unos cincuenta pasos de un polvoriento camino, casi invisible por el denso seto de árboles que la rodeaban.

Ese día primaveral, pesadas nubes negras amenazaban con una tormenta. Yo me dirigía en mi caballo a toda prisa en dirección a la ciudad, cuando la lluvia arreció de tal manera que no tuve otra opción que detenerme cerca de la casa del anciano. Como pude me acerqué a la entrada, amarré mi cabalgadura y llamé a la puerta. Una voz desde lo profundo me invitó a pasar, o por lo menos eso fue lo que entendí debido a su marcado acento campirano. Me adentré totalmente empapado y la poca luz del ambiente me lanzó al suelo luego de tropezar con una pala que yacía en medio de la estancia. Una lámpara tímidamente se encendió y su débil resplandor iluminó el barbado rostro del señor Doyle.

Un par de horas después discurríamos sobre los temas más interesantes cómo mundanos alrededor de una botella del mas fino producto de su alambique personal. Era una bebida acre que en principio solo motivaba a escupir, pero que rápidamente calentó mis tullidas extremidades.

Ahí me di cuenta que mi interlocutor y nuevo amigo era ciego. No me había percatado de su condición debido a lo natural de sus movimientos y a la poca luz que nos brindaba la lámpara.

Le conté varias cosas, como la misión que me traía por estos rincones del país, sobre mi ascendencia española por parte de mi madre, y de mis estudios en ciencia que recientemente habían finalizado.

El agua amainaba y yo debía haber llegado a mi destino hacía varias horas. A pesar de ello, era lo bastante tarde como para no arriesgar mi pellejo por estos caminos totalmente desconocidos para mí. Sin que yo lo mencionara, el viejo me invitó a pasar allí la noche. Había algo familiar en todo esto, pero no lograba determinar con precisión qué podría ser. Tal vez era el señor Doyle, o tal vez sus palabras, o esta viaja casa, o alguno de los múltiples objetos desperdigados por el lugar. Arropado con una gruesa manta, mis pensamientos se fueron diluyendo en medio de un pesado sueño.

Muy temprano, antes del amanecer, fui despertado por una mano amiga que con suavidad se posó sobre mi hombro. Aliste mis cosas y, luego de beber una reconfortante taza de un oscuro y tibio brebaje, me despedí de mi sorprendido protector con un efusivo abrazo.

–Fue un verdadero placer, señor Adam Stern, haberlo tenido como compañero de charla por un día– me dijo. Espero que siga los pasos de sus ancestros, oh nobles señores que hicieron tanto por esta región.

Su discurso me era muy común, pues con demasiada frecuencia me topaba con personas que de una u otra manera habían conocido o servido a mi familia. Pero la voz y el tono en que me decía todo ello era muy diferente: sonaba absolutamente verídico y totalmente sincero.

Al salir encontré mi caballo listo para continuar el viaje. Me alegré al verlo y, al parecer, él también. Amarré mi alforja y me dispuse a subirme a su lomo, pero el viejo me detuvo con sus palabras: Fui un gran amigo de su abuelo, y me hubiese gustado contarle sobre su vida y acciones, pero no soy el más indicado para honrar su memoria.

Nunca llegué a conocer a mi abuelo, el murió o desapareció mucho antes de mi nacimiento. Y ahora que lo pienso, nunca vi un solo retrato de él; muy poca de su historia me llegó a mis oídos, y nunca me interesé en averiguar. Pero en este momento, un perfecto desconocido revolvía mi curiosidad con sus palabras llenas de secretismo. Como si pudiera ver en mis ojos ávidos de respuestas, solo se limitó a instarme a investigar.

-Y esta puede ser la llave que le conduzca a la verdad- me dijo, mientras depositaba en mi mano un pesado objeto metálico de forma ovalada. -No lo regale, no lo pierda, y cuantos menos sepan que existe, mucho mejor.

Ni siquiera lo miré. Tenía una rara confusión en mi cabeza, pero la idea de mis responsabilidades incumplidas me aterrizó de un solo golpe. Agradecí la hospitalidad brindada con un par de monedas de oro y salí al galope de su propiedad.

Al cabo de una semana, que se me hizo una eternidad, y luego de un sinfín de tediosas reuniones y de firmar una montaña de documentos, emprendí mi viaje de regreso. Debía ir tan rápido como pudiese, pues mi futura esposa me esperaba en Lisboa, lista para nuestra boda. En medio del camino recordé al señor Doyle, justo en el momento en que volvía a ver a lo lejos el seto de árboles que rodeaban su casa. Al acercarme vi con horror qué de los frondosos pinos siempre verdes, sólo quedaban las marchitas ramas totalmente muertas. Sin embargo la peor impresión me la llevé a ver que de la casa de dos plantas solo se mantenían en pié unos cuantos parales carcomidos por siglos de abandono.

Instintivamente llevé mi mano al bolsillo. Ahí lo vi, reluciente y misterioso como la luna: un reloj de plata.

~ La ciencia tal vez ayude ~

En estos tiempos de fiera competencia, recibí la ayuda de un inesperado patrocinador. Adrián Nocceti, el nuevo novio de mi joven y encantadora tía, decidió, sin ninguna razón aparente, costearme mis estudios en Europa. Era mi sueño hecho realidad, por fin saldría de este polvorín en el que vivía, y de paso conocería el mundo.

Todo fue muy sencillo. Los contactos de Adrián sumados a su nada despreciable capacidad económica me llevaron en menos de medio año a estar sentado en una cómoda silla de cuero en un auditorio que prácticamente podría pasar por una sala de ópera.

Igualmente fácil se me dio obtener un cupo en un grupo de investigación. Mi pasión por la historia y mi excelente desempeño académico me abrieron muchas puertas. Un día, en medio de una excavación arqueológica en un paraje recóndito de Etiopía, recibí un telegrama directamente enviado por Adrián. En él me invitaba a unirme a un selecto grupo de científicos de avanzada, liderados por un tal doctor Exxes. Su sede principal era en Londres. No lo dudé ni por un segundo.

El doctor Exxes era un visionario. Ni siquiera eminentes personajes como el doctor Darwin eran tan aventureros en sus presunciones científicas como lo hacía Exxes sobre la evolución. Yo era su carga libros ante los demás, pero en realidad me encargaba del análisis de cuanto documento, mapa u objeto de alguna relevancia histórica llegaba a su poder. Aprendí y descubrí cosas sorprendentes en muy poco tiempo. Y empecé a dudar o, simplemente, a dejar de creer.

Para mi sorpresa, un día cualquiera vi pasar por la puerta del laboratorio a Adrián. Apenas si me dirigió una mirada; fue directo a la estancia privada de Exxes. Muy extrañado de su actitud intenté buscarlo, sino para agradecerle, al menos para confrontarlo. Abrí la puerta con un poco de nerviosismo, pero no había nada allí. Una simple mesa y tres sillas dispuestas a su alrededor eran lo único contenido en la habitación. Parado en medio de este lugar sin ventanas y con una única puerta por la que había entrado Adrián y detrás yo, pasé de la frustración a la rabia. No entendía nada de nada y no tenía a nadie a quien reclamárselo.

Simplemente me devolví por donde había llegado. Luego de varias horas de estupefacción, vi salir de allí mismo a Exxes hablando notoriamente emocionado con Adrián. Parecía como si le explicase algún nuevo descubrimiento logrado. También lucía como un subordinado rindiéndole cuentas a su jefe.

Adrián se detuvo frente a mi, y me saludo alegremente en español, me abrazó con fuerza y, si por él hubiera sido, me habría besado. Me dijo que los acompañara. Fuimos a un muy elegante restaurante en el cual pasamos un buen rato. Sin embargo, de tanto en tanto algunas palabras y frases entre ellos dos me hacían sentir como fuera de sus conversaciones. Pero todo fue mas evidente cuando el alcohol circuló por nuestra mesa. Parecía que hablan en clave, apenas si les entendía una que otra idea. Yo los miraba desconcertado, pero yo ya no existía para ellos dos.

Muy tarde en la noche, Adrián se despidió de los dos, dijo que regresaría en unos meses para volver a pasar un rato agradable junto con nosotros. La cara del doctor Exxes se transformó súbitamente, se le veía notoriamente consternado. Al irse Adrián, Exxes se fue a toda prisa en dirección a su casa sin dirigirme un solo vocablo.

Luego de un par de meses de mucho trabajo y de aparente calma, el doctor Exxes desapareció por completo. Su laboratorio estaba clausurado y un par de guardias vigilaban la entrada. Ahí recordé que la noche anterior había llevado conmigo los gráficos de un objeto redondo sobre los cuales había estado trabajando desde la pasada venida de Adrián. Intentaba descifrar las figuras inscritas en su interior y entender su significado, y estaba a un paso de lograrlo.

~ Un encuentro ~

Aunque aun me considero joven, mañana cumpliré mi décimo aniversario en la fuerza policial, casi todo el tiempo sentado en medio de equipos de comunicación y terminales de computador. Para celebrarlo, mis amigos y compañeros me tienen invitado a pasarlo en un nuevo bar decorado con un ambiente victoriano.

Estas fechas son un poco menos que aburridas para nosotros, ni siquiera un robo callejero se ha reportado esta semana. Así que hoy decido salir temprano, aprovechando la ausencia de mi jefe que debe estar asoleando su gordo trasero en alguna playa de Barbados. La nieve ha empezado a caer. Tan solo quiero llegar a mi apartamento y tomarme algo caliente mientras veo cualquier partido de fútbol atrasado.

A unas cuantas cuadras de la estación queda una pequeña tienda de abarrotes. Entro y saludo al tendero, pero este se muestra consternado e inmóvil por el miedo. Mi reacción es buscar mi arma de dotación, pero recuerdo que siempre la llevo descargada. Y ahí veo a uno de los maleantes, un negro alto y fornido empuñando una escopeta de doble barril y cañón recortado. De detrás de los estantes aparecen otros cuatro tipos con sendas armas. Ya no puedo hacer nada. De un golpe derriba al hombre detrás del mostrador y uno de ellos se dirige hacia mí con un enorme puñal. Sin dudarlo un instante me propina una primera y mortal estocada. Mis ojos se tornan rojos y pierdo conciencia de mí.

Cuando despierto veo un enorme agujero en mi chaqueta, pero ni una sola seña de la más mínima herida. Creía que los ladrones me habían golpeado y huido con el botín, pero una mirada detenida del lugar cambió mi idea: las vestimentas, armas y demás cosas que cada cual llevaba encima yacían en donde yo recordaba haberlos visto antes de sentirme asesinado. No me explicaba cómo. Busqué al encargado de la tienda, pero al parecer el había sufrido igual suerte.

Totalmente confuso salí de allí, pensé en regresar a la estación, pero no supe qué podría decir. Simplemente caminé por las calles de un modo errático, hilando mis pensamientos. Al girar en una esquina, un tipo que parecía salido de un cuento de Oscar Wilde, vestido impecablemente de blanco, incluso su sombrero de copa, me detuvo.

–Usted tiene algo que me pertenece, vendré pronto para reclamarlo. No supe que decir, el solo siguió su camino y su presencia se apagó en lo oscuro de un callejón.

~ El viaje ~

Ya han pasado cerca de tres meses desde mi boda. Todo ha transcurrido cómo debía, sin mayores sobresaltos, tal vez un poco monótono, podría decirse. Sin embargo, un extraño llamado del padre de mi esposa para discutir unos asuntos en privado, me tiene un tanto intrigado.

Luego de una extensa disertación sobre el futuro de las colonias, del amplio horizonte económico de sus empresas, y de las obligaciones de los hijos por acrecentar el poder de la familia, me pidió, en un tono que sonó más como una orden, que viajara a Brasil. Eso era algo que nunca se me había pasado por la cabeza. Le esgrimí una serie de razones que iban desde la salud hasta el manejo de mis asuntos en Europa. Pero cada uno de mis alegatos recibió una respuesta o solución claramente irrefutable. Me sorprendió el conocimiento que él tenía sobre mis negocios y propiedades. No quise ser imprudente y reprimí mis deseos de conocer dónde había obtenido toda esa información. Finalmente, y con un claro tono de frustración, le dije que lo pensaría. Para él fue como un sí.

Al cabo de una semana nos estábamos despidiendo de Lisboa embarcados en una nave propiedad del padre de Ana.

La primera semana de viaje fue una pesadilla. Ana tuvo mareos constantes y a duras penas mantenía en su boca la comida. Pero luego del día noveno del viaje, ella parecía un marino más. Incluso se trepaba al mástil para divisar mejor el horizonte. Realmente ese cambio de actitud, más que de salud, me dejó atónito. Ella era una niña mimada y temerosa, aunque siempre dulce y encantadora. Ahora lucía como la hosca hija del capitán.

Cuando por fin llegamos al Nuevo Mundo, entendí que mi vida ya no sería la misma. Aquí era el dueño de una extensión de tierra más grande que tres países unidos. Mi esposa se veía tan feliz, radiante y llena de vida como nunca antes lo había estado.

Rápidamente me transformé en algo que ni en sueños había llegado a pensar que podría ser: un rey. Olvidé todo mi pasado, pues ya nunca más lo necesitaría. Y descubrí una nueva y extraña habilidad. Cuando necesitaba tomar una decisión, por minúscula que fuese, todas y cada una de las posibilidades aparecían frente a mí tan claras como la luz del medio día. Nunca más me volví a equivocar.

Pero no todo era dicha. A medida que empleaba este don, porciones de mi memoria se diluían en el olvido. Fue muy tarde cuando me di cuenta de ello. Sólo en el momento en que una mujer de increíble belleza me saludó cariñosamente, y no supe de quién se trataba, entendí la gravedad de mi situación. Ella era mi esposa, o al menos eso fue lo que me dijo airada. Nunca más la volví a ver.

~ Fuego ~

El lugar era un desastre. Tanta belleza colgada de las blancas paredes del museo, tantos matices y figuras, todo reducido a cenizas. Sin embargo, un solo cuadro, solo en un pequeño muro, había sobrevivido. Cuál sería mi sorpresa al verlo, era “La persistencia de la memoria”, de Salvador Dalí. El fuego presentaba un patrón regular y todos los indicios develaban ese muro como el foco del incendio, pero no se veían siquiera manchas de tizne en la blanquecina superficie, y el cuadro intacto brillaba absurdamente alrededor de la gris desolación de la escena.

El forense no me dio muchas más pistas además de las evidentes. Tres personas muertas y sin identificar, daños invaluables al patrimonio humano, y ni la más mínima seña de lo sucedido.

Recorrí los escombros sin fijarme en ningún detalle particular, sólo pensando en las posibles manos criminales detrás de todo esto. Aun se sentía el calor al acercarme a los muros, un calor que debió ser muy intenso, pues hasta las placas de bronce de algunas de las obras habían derretido por la temperatura. Pero ¿por qué entre tanta destrucción, solo ese muro y ese cuadro estaban intactos?

Me acerqué y observé con detenimiento la pequeña obra. Parecía una mofa a la situación, pues un reloj derritiéndose por la esquina de un mesón es su objeto mas distinguible.

¡Un reloj! Hacía mucho debía haberme encontrado con mi novia. Hoy era el día, le pediría matrimonio. Presurosamente me dirigí hacía la salida. De improviso, una serie de extrañas sombras se cruzaron en mi camino, eran como proyecciones de las personas que allí se encontraban. Al fijar mi atención en una de ellas noté que iba hacia atrás, Hacia atrás en el tiempo. Me detuve a observar como todo retrocedía. Allí me vi entrar, o tal vez salir, no estoy muy seguro. Durante un lapso de tiempo no sucedió mayor cosa, hasta el punto en donde unas increíbles lenguas de fuego emergieron del suelo. Vi cómo la ropa, la piel y el cabello aparecían monstruosamente del cuerpo de un hombre que claramente identifiqué como el vigilante de la guardia nocturna del lugar. Me dirigí hacia la sala en donde encontramos a los otros dos cadáveres. Eran una pareja de hombres extrañamente ataviados que luchan incesantemente contra el fuego con sus manos desnudas. Andando el tiempo hacia atrás no entendía muy bien sus acciones y confusos movimientos, pero logré ver una seria resolución de su parte por controlar la situación. Por momentos lo lograban, Y ahí vi la silueta de otra persona quién parecía ser el que controlaba el fuego. Alcancé a verlo a los ojos y sentí como si me hubiese visto. Eso me tomó por sorpresa pues di unos pasos hacia atrás y tropecé con algo. Caí de espaldas y cerré mis ojos.

Al volver a abrirlos estaba en la silla de un café al este de la ciudad. Mi novia estaba frente a mi radiante. Me beso suavemente y me dijo que sí.

~ Alfabeto ~

Recorrer las calles de Londres en esta época es claramente una delicia, ver por fin gente es una delicia. El verano realmente es reconfortante, más aun para mí, alguien venido del trópico. El alarido del cochero de un elegante carruaje me sacó de mi temporal estado de dicha. Ya llevaba un buen tiempo vagando por Inglaterra, trabajando como mandadero, criando cerdos, arrastrando bultos y cuidando la entrada de un fumadero de opio.

Todo mi intelecto literalmente desperdiciado. Sin un solo amigo en este lugar del mundo. Desgraciado. Luego de la misteriosa desaparición del doctor Exxes y de mi patrocinador Adrián, las desgracias llegaron a mí junto con la nieve invernal.

Ningún otro científico me recibió como su asistente, aprendiz o siquiera criado. Me di cuenta muy tarde que el nombre Exxes era una negra marca en mi carrera. Los más decentes y liberales pensadores como mínimo lo tildaban de loco. Lo que decían los demás ni lo menciono.

Resuelto a volver a mi país, con el rabo entre las piernas, y luego de un día totalmente infructuoso, regresé a la pequeña habitación que tenía alquilada. La puerta estaba entreabierta, la empujé con precaución para encontrar el lugar patas arriba. Al parecer una banda de malhechores habían hecho de las suyas allí. Lo que no se llevaron lo destrozaron por completo, incluso gran parte del tablado del suelo estaba roto o levantado. Era como si estuviesen buscando algo con gran desesperación y, al no hallarlo, la hubiesen emprendido contra mis pertenencias. Ahora sí estaba en la ruina. Me senté en lo que antes había sido un arcón y sin nada más en que pensar saqué unas hojas guardadas en mi bolsillo. Las desdoblé y vi el plano en el que había estado trabajando los últimos días en el laboratorio.

Muchas veces lo había recorrido, tratando de entender el significado de todos esos minúsculos detalles que lo componían. Tenía algunas pistas, pero nada claro. En todo momento deseaba tener el objeto real frente a mí para poder entenderlo mejor. Pero, en estos momentos en donde nada me amarraba a la vida, tuve una revelación. Doblé uno de los planos y lo superpuse sobre el otro. Cada uno correspondía a cada cara del objeto. Como este era redondo, la mitad del plano podía girar sobre la otra. En cada pequeño movimiento de unos cuantos grados sobre su eje, aparecían signos sumamente claros, imposibles de encontrar sin la ayuda de ambas caras. Y eran muchas combinaciones, casi infinitas. Hurgue un poco en el desorden del lugar para hallar algunas hojas y me dispuse a transcribir este extraño y misterioso alfabeto.

~ La torre ~

Mientras corría para alcanzar el autobús del medio día que me llevaría de regreso a la ciudad, maldecía para mis adentros el haber conocido este lugar.

Este sitio era muy particular. A pesar de su cercanía con varias ciudades modernas y vanguardistas, este rincón del mundo daba la impresión de haberse congelado en una época remota. Pero no era por sus construcciones, que aunque vetustas, podían pasar desapercibidas en cualquier otro sitio. Eran sus escasos pobladores. Más exactamente, esa actitud con que vestían sus rostros. Yo a su lado me veía como un crío. Todos parecían tener siglos de existencia, incluso aquella niña en el columpio horrorosamente emanaba un hálito de ancianidad.

Venir aquí fue inútil para mi trabajo. La cooperación del único policía local, que aunque fue de entrega total, no sirvió de nada. Fue casi como una visita a un parque temático, todo estaba misteriosamente en su lugar. Los adoquines en el piso mareaban con su uniforme geometría. No se veía ni una colilla de cigarro en el suelo. Aguardaba el momento en que de una esquina saliera Mickey Mouse o el diabólico payaso de McDonalds encabezando un desfile.

Cuatro días y ni un solo indicio. Nada pasaba en Villa Perfección. Finalmente me encerré en mi cuarto perfecto del hostal perfecto para que no me siguiera abrumando tanta uniformidad.

Mientras miraba las lejanas montañas desde la ventana, y pensaba en la manera en que se vería mi caótica ciudad para alguno de los rurales habitantes del lugar, me fijé en una torre que dominaba el pueblo, sembrada en medio de todo. No era una iglesia, solo era una torre. No se como no la había visto antes, ni como mi guía de excursión no me la mostró.

Salí de nuevo a la calle en busca de la misteriosa construcción. Al llegar a donde creía que se encontraría no hallé nada. Recorrí hasta la fatiga todos los rincones del poblado, pero fue imposible ubicarla. Regresé a mi hotel y le pregunté a todo el mundo por la dichosa torre. Nadie la conocía o la había visto. Subí a mi habitación y miré por la ventana. Ahí seguía, negra como la noche, alta como una montaña, tan extraña como aterradora. Saqué unos binoculares de mi maleta y la observé perplejo. Estaba construida con una piedra negra y totalmente opaca. Apenas se veían las vetas entre cada bloque. La coronaba una especie de cúpula, también negra, sin un solo detalle o adorno. Y en las caras que veía desde aquí y en medio de cada una de ellas, un reloj que brillaba como la plata rompía con la monotonía de la edificación. El reloj solo tenía cuatro símbolos, no números y de manera absurda giraba en dirección opuesta a la norma. La cara del reloj estaba adornada con una filigrana sin sentido ni orden; la observé atentamente para tratar de descubrir algo en esos garabatos, pero un influjo hipnótico recayó sobre mí. Un impulso irrefrenable me producía una ardiente necesidad de huir del lugar.

La noche cayó y la torre se perdió en las tinieblas. Al otro día salí despavorido, corrí desesperado al autobús. Cerré mis ojos y solo los abrí para leer el inmenso cartel de Bienvenidos a...

~ No fue el indicado ~

Poco a poco fui delegando las decisiones de los negocios a mis consejeros. Ellos en su mayoría me habían acompañado en este lugar casi desde mi llegada. En ellos veía claras muestras de una sabiduría ancestral. Todos ellos tenían virtudes claramente envidiables. Pero algo me decía que ellos tenían una misión más allá de la evidente al estar a mi lado.

Pasaban días enteros en los que me abandonaba a la contemplación de una flor, o de las olas golpeando la quilla de algún navío. Era como si descubriera nuevas formas, olores o sonidos en cada momento. El olvido tiene esa virtud: poder admirar con estupefacción y total entrega algo que ya ha pasado por la vida.

Un día, mientras paseaba por algún pasillo de mí mansión, escuché las voces de mis consejeros. Parecían discutir un tema de vital importancia, y se les oía claramente exaltados. Por momentos tal era la intensidad de la reunión que todas sus voces juntas sonaban como una catarata. De pronto todos acallaron sus graznidos. Llegué a creer que me habían escuchado, así que con mucho sigilo di unos pasos hacia atrás. Pero la voz de alguien de dentro de la reunión me detuvo. Creía estar seguro que no pertenecía a nadie que trabajase para mí, pero también creía haberla escuchado antes. Pero lo más aterrador fue lo que dijo: Nos hemos vuelto a equivocar, al igual que su abuelo o pudo entender ni mucho menos dominar el poder del objeto. Adam debe dejar de ser el Señor.

Por un momento me vi abucheado por una turba de campesinos y decapitado en medio de una plaza. Si mis propios amigos me estaban tendiendo una celada, y con todo el poder que yo mismo les había otorgado, mi único camino sería huir.

Corrí a mi habitación. Cogí dos o tres cosas al azar, junto con una ingente cantidad de monedas de oro, y salí despavorido por la zona trasera de la hacienda. Mi primer impulso fue volver a Portugal, pero una simple reflexión me indicó el camino: el interior de la selva. Tomé un caballo y a todo galope me alejé de lo que había sido mi vida.

Tres años han pasado, cultivo yuca en un recodo perdido en medio de un meandro del Amazonas. Vivo solo y tranquilo, intercambio mi cosecha por los víveres y cosas que necesito para subsistir. Una vez al mes viajo hasta el poblado más cercano. Y hoy es ese día.

Al llegar me recibe el joven que siempre me trae el atado de tabaco que se convirtió en mi único lujo. Pero hoy trae, además de mi encargo, en una bolsita de tela unas rocas brillantes. Mientras me las muestra, no sin cierto recelo, me dice que hay unos mercaderes que están comprando terrenos para excavar y extraer estas preciosidades. Le digo que no me interesa, que como estoy y dónde me encuentro tengo todo lo que necesito. Sin embargo, y ante su insistencia y solo por cuidar nuestra amistad, accedo a verlos.

Llegando al único estadero y cantina de la región, siento una desagradable punzada en mi nuca, como si me advirtiera de un peligro desconocido. Finalmente nos sentamos en la mesa donde dos tipejos muy desagradables nos dan una calurosa bienvenida. No hablamos de piedras ni de propiedades, solo de tonterías sin sentido a medida que vamos desocupando botellas y botellas de ron.

En medio de tremenda borrachera, soy consiente de que me debo ir, pues el camino a mi rancho es muy largo. Pero mi joven amigo me invita a quedarme hasta el amanecer. Allí me doy cuenta que ya no estoy en ninguna taberna en medio de la selva. Esto parece más una antigua casona inglesa. El muchacho me sigue hablando, y aunque no le presto atención a lo que dice, su voz parece ser la de otro hombre. Se levanta de su silla y camina hasta mi, me rodea con sus brazos y de improviso saca algo de mi bolsillo.

–Esto no debió ser así Adam. Pero no lo supiste manejar. Adiós.

No entiendo qué pasó, pero simplemente salgo del lugar con un cansancio derrotador. Doy unos cuantos pasos más y caigo de bruces en el fango. Mi amigo de repente ya no es el mismo, se transforma en alguien a quien reconozco de inmediato, muy a pesar de mi elevado estado de ebriedad: es el señor Doyle. Me mira con cierta tristeza mientras me muestra algo brillante que tiene en su mano. Es el reloj de plata que hace muchos años me regaló

–Lo siento, nunca lo entenderás. Tal vez tu nieto si lo pueda llevar como se lo merece.

Realmente no entiendo nada. No me puedo mover. Creo que estoy muriendo, pero lo único que siento es como mi piel, carne y huesos se derriten fundiéndose con el barro en donde estoy tirado.

~ Palabras ~

Una a una se van articulando las palabras, con un alfabeto tan vasto y complejo, repleto de letras que apenas difieren unas de otras en pequeñas inflexiones, me doy cuenta que aun me falta mucho por descubrir.

No sé cómo entiendo el significado oculto tras esta maraña de ininteligibles símbolos, tal vez es ese don secreto que tengo para darle lógica a lo irracional.

La primera palabra que articulo en este nuevo lenguaje se podría traducir vagamente en nuestro limitado idioma como "TODO". De mi garganta sale un gorgoteo de una vibración absurda, pero tengo plena certeza del sentido de lo que estoy hablando.

Mi ancianidad ya no me permite brincar por todo el cuarto de la alegría incontenible que me produce haber llegado por fin a este grado de entendimiento. Rápidamente voy descubriendo nuevas palabras, algunas tan hermosas como un ocaso o como la muerte, y otras tan terribles como la soledad. Otras palabras traducen el movimiento de las hojas con el viento, o el olor del infantil amor de una adolescente. Me miro en el espejo y con plena convicción digo en mi nueva lengua "JOVEN". Y ahí estoy, de nuevo tengo la edad para lanzarme por un risco.

~ El hombre ~

En la oscuridad, cómplice infalible de todo lo atroz, avanzo lentamente en la búsqueda de lo irracional. Estos dos insignificantes seres cometieron el terrible error de desnudar sus intenciones a mi lado. Los sigo con cautela, pero una incontenible e inexplicable furia que me quema desde adentro, intenta hacerme perder el control y obligarme a abalanzarme sobre ellos.

Una semana atrás, vi cómo una inmensa sombra devoraba con enormes tarascones a mi compañero. Mis labores de analista policial habían sido relegadas hacía varios días debido a la necesidad de aumentar la presencia uniformada en las calles, pues una ola de atroces crímenes azotaba todos los rincones de la ciudad. Esa noche, mientras patrullábamos dé a pié las callejuelas de un lóbrego y desolado sector, el horror vino a nosotros en forma de un descomunal vacío. Inútilmente descargamos furiosamente nuestras armas contra ese hoyo negro que amenazante nos acorralaba contra los altos muros de una bodega.

En un movimiento de estúpida valentía, Sam se lanzó contra la nada negra con la intensión de atrapar lo que fuese que estuviese provocando ese aterrador fenómeno. Lo primero que vi fueron unas nefastas mandíbulas cerrándose sobre su brazo. El grito de dolor sólo fue acallado por un espantoso silbido venido desde atrás de la opaca mancha, el cual se mezclaba ilógicamente con una carcajada aguda y opresora. El resto solo fue sangre y terror.

Trato de no recordar esa noche, pero cada sombra que se mueve trémula, despierta mi ira y mi deseo de venganza.

Los dos hombres llegan por fin a la zona de los muelles. La niebla marina comienza a impregnar mi ropa, llenándola con ese vaho salado y nauseabundo de los puertos. Ellos entran en un pequeño astillero y veo, como inmediatamente después, una tenue luz se enciende haciendo brillar la única ventana de la edificación. Con cautela me acerco a ella, y logro reconocer sus voces. Le están rindiendo cuentas a un desconocido y le explican que todo va de acuerdo a sus planes. Con mucha precaución intento ver a través de la sucia ventana: allí están ellos dándome la espalda. Su jefe parece estar sentado sobre unas cajas de pino blanco. Ellos extienden su mano para recibir seguramente la recompensa de su sucia labor. Contentos se dan la vuelta y abrazados dan unos pasos hacia la puerta. Ya me voy a ocultar cuando de improviso las cabezas de los maleantes caen de sus cuerpos sin explicación alguna.

Congelado quedo luego de esa escena. Sin el menor atisbo de asombro, el jefe se levanta se su improvisada silla y al siguiente paso que da se encuentra a mi lado.

–Oficial Stern. Nos volvemos a ver…

~ El dios ~

Desde lo profundo de la razón emerjo como un monstruo reptante y putrefacto ese pensamiento de inminente derrota que me ha venido atormentando unas décadas atrás.

Muy a pesar de mi lozano y juvenil aspecto, un ser tan anciano que un cadáver se vería más vital que el mismo, subyace en mi interior. Aun cuando domino el lenguaje de los mismos dioses, no puedo hacer que mi alma brille como las de ellos. ¿Por qué este conocimiento velado llegó a mí? ¿Qué hice para merecer el infortunio de vencer la ignorancia?

Simplemente me encierro en mi cripta inmaterial a la espera de una respuesta, pero la ansiedad corroe mis entrañas y salgo a la calle en busca de algún alma débil que devorar.

Me sacio con la vitalidad emanada de un triste vagabundo horadando sus entrañas con las garras del vacío, chupando hasta la médula todos sus pensamientos, angustias y alegrías. Este banquete de emociones me permitirá alejarme de las mías propias por un buen rato. Sin embargo hay algo que me inquieta: siento la presencia de un ser vigilante que, en medio de la quietud de la noche, me observa atento, sin emitir juicio o veredicto alguno. Decido llamarlo OJO, y espero que me acompañe en mis siguientes cenas callejeras.

Tanto poder que he logrado y no soy más que un buitre nocturno, un vampiro de almas, un ser tan detestable como poderoso. Pero sigo aquí, con mi carita de ángel que le robé a alguien hace varios años, sigo vagando por el mundo intentando saciar esa sed infinita de vida; sin nada que me detenga o que me logre hacer oposición, solo OJO me acompaña y, aunque nunca lo he visto, soy consiente que es mi único confidente.

Maldigo el increíble día en que hallé la puerta trasera que dejó la creación. Ese conocimiento nunca debió habérselo dado a los hombres. Hoy OJO se me mostró por fin en la figura de un anciano. Me dijo que mi miserable existencia no tenía razón alguna y que pronto llegaría el Señor que me libraría de mi eterna tortura. Acabado de decir esto, me lo comí en un par de mordiscos, ni siquiera chilló. Pero su mente me develó más de lo que él pretendía decirme. Ya sé quién es al que debo buscar.

~ El vigilante ~

"Oficial Stern", ¿hacía cuanto que no me decían así? El odio que sentí cuando mi padre me develó la locura que acuciaba a todos mis ancestros varones llegado un momento preciso de su existencia, y luego de ver los desmanes que el mismo cometía en medio de la insania llegado el nefasto y vaticinado momento, me impulsaron, en un infantil accionar, a cambiarme el nombre, así al menos no llevaría la carga de mi abolengo cuando mi mente se trastocase.

Pero ¿y por qué este hombre con cara de niño me llama una vez más así? En total contradicción con su pulcro e inmaculado aspecto, siento una corrupción total en lo poco que puede tener de alma. Es como un huevo podrido: blanco por fuera, putrefacto en su interior.

Con tranquilidad me levanto para quedar a su nivel, pero de un modo absurdo su figura se hace más y más grande, dominándome con su tamaño.

De nuevo repite su saludo, con una voz extraña y repugnante. Extiende su mano y me muestra una sucesión de imágenes macabras que se desarrollan sobre su palma, de un modo tan real que logro oír y sentir la angustia y el terror de sus víctimas, todo ello orquestado bajo el delirante cantar de murmullos y chillidos que provienen de su boca.

De un momento a otro dejo de escuchar solo ruidos: son palabras claras y nefastas, palabras irreales, vocablos de una lengua suprahumana que no son representaciones idealizadas de las cosas, sino las cosas mismas.

Finalmente su maceraba representación se extingue, y el asombro aparece en su rostro, justo en el momento en que interrumpo su monólogo haciendo uso de su propio idioma. Del asombro a la ira no pasan sino unos pocos instantes y un vórtice de total vacuidad emana de todo su cuerpo, intentando arrastrarme hacia sus entrañas. En un reflejo involuntario, cada fibra de mí ser brilla con una intensidad de un millón de soles. El vacío de mi rival se empequeñece hasta desaparecer por completo, y su cuerpo se derrumba expulsando toda esa maldad contenida, dejando solo un decrépito y nauseabundo cadáver de cientos de años. Sin embargo en su rostro lo único que se ve es una amplia sonrisa. Tal vez la muerte era lo que tanto anhelaba.

Pero yo también siento algo nuevo y diferente, es como un abandono de toda mi existencia, pero no el inicio de una nueva vida, no. Es más como una sensación de retorno. Ya no soy Mark Stern. Soy el nuevo vigilante de la puerta.

~ El vigilante (alt. ver.) ~

"Oficial Stern" le digo al hombre que yace agazapado bajo la ventana. Definitivamente todo salió como debía ser. Aquí a mis pies tengo al hombre que representa mi única amenaza y esperanza. Ni siquiera sus estúpidos lacayos fueron lo suficientemente hábiles para contenerme, eso sí, me brindó un buen rato de diversión el achicharrarlos en ese museo.

Siento la intensidad del llamado del objeto. Tanto tiempo que he anhelado tenerlo en mi poder y ahora se encuentra a una yarda de mi mano. No se porque me sentí temeroso de este momento durante tanto tiempo, tal vez era solo ansiedad, pero el ver al insignificante portador del reloj casi de rodillas frente a mí, me brinda una satisfacción y una tranquilidad casi placenteras.

Aun no sé que hacer con él. Me lo podría tragar rápidamente, o tal vez lo podría hacer sufrir de infinitas maneras. Mientras lo medito, le ofrezco una pequeña exhibición de mi talento, mostrándolo algunas de mis últimas cenas.

La ansiedad es muy grande, así que no le daré el placer del sufrimiento. Realmente él no me interesa, sólo lo he buscado para hacerme con el objeto. De un modo incomprensible, él me habla, pero no en su infantil y humano dialecto, sino en mi propia lengua. Creí que era solo un títere más, sin entrenamiento ni conocimientos, creí que sería tan solo carroña. Esto me emociona.

Lanzo mis negras fauces contra él, pero todo su cuerpo comienza a brillar, casi al punto de enceguecerme. Mi fuerza se debilita inexorablemente, pero aun no estoy vencido. Dejo que me ataque con sus haces luminosos y le entrego un despojo de pútrida carne. Creerá que me ha vencido, pero no tiene idea de qué es lo que realmente ha sucedido.

Abandono ese cuerpo y me fundo con él. Ya no somos quienes fuimos, ahora somos de nuevo el vigilante de la puerta.

24 de enero de 2008

Esquina

En una oscura y polvorienta esquina de mi cuarto se encuentra el infinito. Lo descubrí una tarde entre los sollozos de una nueva decepción amorosa. El diminuto punto, no más grande que cualquiera de las decenas de pecas de mi rostro, no refleja en lo absoluto la totalidad de su magnificencia. Me acerco con los ojos atentos y los oídos despiertos e intento una vez más entender su secreto. Con tanta atención cómo me es posible, lo observo, pero, simplemente, no veo nada. Una y otra vez regreso para contemplarlo.

Ya soy tan vieja que apenas puedo moverme, pero mi puntito sigue ahí, inmutable y negro. Creo que hoy será la última vez que lo podré contemplar. De nuevo, tan atenta y despierta como mi sordera y ceguera me lo permiten, lo miro. Libre de cualquier presunción y atadura al mundo, por fin lo entiendo: dios no es nada, el infinito se expresa y vive en el vacío.

3 de febrero de 2008

El actor

"Aquí vamos de nuevo,
No nos pueden parar"

La gente ya aplaudía. Las cortinas del escenario permanecían cerradas. La expectativa era tal, que algunas y algunos lloraban de la emoción. El público entero aguardaba la salida del actor.

Una larga preparación antecedía a la estrella. Toda su vida la había dedicado a ser el mejor. Un muy vasto trecho había recorrido para llegar a ser tan renombrado y reconocido. Todos hablaban de él. Todos ansiábamos su debut.

Con más de un año de antelación, las locaciones se habían agotado: ni una silla disponible quedaba en el magnífico teatro. Llegado el día de la función, la ciudad se había paralizado para recibir a su hijo más querido. Nadie lo vería sino hasta el momento en que el telón se abriese y él diera un paso al frente, hacia la blanca mancha en el suelo producida por la luz de los reflectores.

Mi esposo y yo estábamos en primera fila. Ser sus padres nos otorgaba tal honor. Igualmente atentos esperábamos su salida. Un hombre vestido de smoking caminó desde un extremo hasta el centro del escenario. Sosteniendo el único micrófono allí plantado, afino su garganta y dijo: –El actor no va a salir, lo sentimos mucho. Sin más explicaciones se devolvió por donde vino, las luces que iluminaban la tarima se apagaron y las puertas abiertas iluminaron, borrosamente, el camino de salida.

La gente abandonó el lugar lentamente. Mi esposo me abrazó. Yo miraba, casi sin parpadear, el escenario, mientras lloraba quietamente. Nuestro hijo ya no se presentaría. El show debe continuar.

20 de marzo de 2008

Una fotografía

Para donde fuera que fuese, cargaban su morral negro y su cámara fotográfica. Se decía a sí mismo que su memoria nunca le fallaría, pero en el eventual caso de caer víctima del Alzheimer, tendría cada uno de los momentos que en alguna ocasión pasaron por su vida, plasmados firmemente en un papel.

Deambulaba por el centro de la extensa plazoleta a pleno sol del medio día. Se detuvo un instante y miró, con detenimiento, la punta más alta de la iglesia. Extrajo su vieja cámara, le instaló una lente de mediano alcance, apuntó hacia lo lejos y disparó. Siguió su recorrido en total calma. Hacía mucho la ansiedad había abandonado su cuerpo. Ya no se desesperaba aguardando que las imágenes se revelasen sobre el papel. Ya era viejo, no esperaba nada más y estaba aburrido.

Al llegar la noche, el mundo ya no tenía la misma gracia que en el día, así que se encaminó a su casa para continuar con su labor. Aunque nunca lo había hecho, en las penumbras acribilladas por rosadas luces de neón, tomó otra fotografía. No entendía el porqué de su acción, simplemente lo hizo y ya.

Dispuso todos los elementos necesarios en el cuarto oscuro, extrajo el rollo repleto de recuerdos y reveló las imágenes que allí se representaban. Dejó secando el papel y se fue a dormir.

Al despertar, se dirigió impulsivamente a ver las nuevas fotos. Mientras miraba con cierto desdén cada una de ellas, se topó con algo inesperado. La toma de la cúpula de la iglesia revelaba una inusitada imagen: una niña sentada justo al lado de la enorme cruz que se erige en lo alto del templo.

Cogió una lupa de la mesita contigua y trató de ver mejor el rostro de aquella misteriosa chiquilla. Claramente recordaba no haber visto nada allí el día anterior y, mucho menos, algo tan absurdo como la imagen que tenía enfrente. ¿Cómo podría explicar semejante circunstancia? Esto era absolutamente irreal.

La cristalina voz de una niña se escuchó a sus espaldas, "abuelo", decía. Bruscamente extraído de sus ideas, el anciano brincó asustado, desperdigando todo a su alrededor. Al voltear su cabeza, la niña de la fotografía estaba parada en el quicio de la puerta. Sonriente ella, sólo dijo: –¿Puedo seguir?

~ Una cámara 110 ~

Desde muy joven, las estáticas imágenes impresas en una blanca superficie lo habían cautivado. El regalo más hermoso e impresionante que llegó a sus manos, era esa cámara 110 de cajita plástica que su madre le entregó a los nueve años. Como revelar cada rollo le costaba toda una fortuna, comenzó a tomar fotografías a los desprevenidos transeúntes que visitaban el parque o que retozaban en las orillas del lago. Les pedías los datos y, personalmente, les entregaba las fotos en improvisados sobres hechos con hojas de cuaderno. Recibía cualquier cosa a cambio, preferiblemente dinero, pero las recompensas eran tan variadas como una libreta de apuntes a medio empezar, una taza de chocolate o un pollito amarillo.

Tenía un don innato para capturar el momento, pero la práctica le había otorgado una habilidad increíble de desnudar momentáneamente las almas humanas. Mas y mas fotos se revelaban a su paso y paso a paso se convertía en el mejor.

A los diez y seis toda la gente de su pueblo lo reconocía. Le tomó muchas fotos a sus amigos y vecinos, al alcalde, al inspector de policía, a la niña de rubias trenzas que siempre le había gustado.

Al terminar la escuela, ya poseía toda una biblioteca de recuerdos de su tierra, además de potentes aparatos fotográficos. Su última maestra, una joven citadina que empezaba a laborar como docente, le dijo que tenía un talento sin igual. Se llevó algunas de sus fotos y logró que le otorgasen una beca en la mejor escuela de artes de la capital.

Tan feliz como siempre, empacó sus cámaras, un par de pantalones y abandonó para siempre su pueblo.

~ Huevos con tomate ~

–A ver con qué salimos hoy– siempre se decía al despertar. Pero este "hoy" salió con algo absolutamente inesperado. La niña llevaba puesto un delicado vestido de seda, su cabello, formado por negros remolinos, se mecía con el viento. Descalza, avanzó unos pasos hacia el fotógrafo. Al fondo se escuchaban las divertidas notas al piano de una obra de Liszt.

El viejo, petrificado en su todo, no daba crédito a lo que tenía enfrente suyo. La niña caminó hasta un carcomido cajoncito y se sentó en él, mientras movía la cabeza al ritmo de la alegre música.

Ella se veía tranquila y despreocupada, tanto que no le dio importancia alguna al descompuesto rostro del anciano. Éste quiso incorporarse pero, con un torpe movimiento, fue a caer de nuevo al suelo. Estando allí, vio de nuevo la fotografía de la iglesia: la niña había desaparecido de la escena.

Observó detenidamente la imagen, pero nada de la misteriosa damita. Tomó un largo respiro y se puso en pie, decidido a confrontar a la pequeña criatura.

–¿Quién eres tú?– dijo en un exaltado tono. Ella ni se inmutó. –¿Cómo te llamas? ¿Cuál es tu nombre?– La niña se volteó sonriente y musitó: -Me puedes llamar como gustes, abuelito.

Derrotado, se tumbó en un sillón verde al pie de la niña. Intentaba hilar las ideas e imágenes, pero estaba muy lejos del entendimiento. Su barriga emitió un sordo rugido. –¿Quieres algo de comer?– le replicó a la niña. –Huevos con tomate.

Se sentaron a la mesa y devoraron con satisfacción la comida, mientras reían a carcajadas de las muecas que se hacía mutuamente.

~ Hoy es lunes ~

Más rápido que pronto, la fama lo había alcanzado. Tan bueno era en su oficio, que largas colas se formaban desde su puerta, aguardando un turno para ser inmortalizados por el fabuloso muchacho. Él era feliz fotografiando niños juguetones, ancianos de corrugados semblantes, amas de casa ó, familias enteras.

El lunes, su único día de descanso, se entregaba a revisar las imágenes, a clasificarlas y a recordar. A recordar la expresión del malhumorado niño de cabellos de fuego, a recordar la ausente mirada del padre agobiado por las deudas, a recordar las risitas nerviosas de un par de enamorados adolescentes. Recordaba todas esas cosas pero, también, y de un modo inconsciente, se apropiaba de esos sentimientos. Los vivía como suyos, se hacían parte de su ser.

Uno de esos lunes, a su puerta llegó una deslumbrante mujer. La primera observación del joven fue: –Hoy es lunes, hoy no trabajo– Lo dijo con la voz entrecortada, pues, simplemente, sentía que negarle algo a un ángel como ella, era una total ofensa a la divinidad.

–Sí quiera que me tomes una foto, pero no es por eso que estoy hoy aquí– el la miró con cara de signo de interrogación. –Soy representante de la más importante revista de actualidad, y traigo una propuesta para que te unas a nosotros. Es una oportunidad que no puedes rechazar– El tono mas le sonó a amenaza que a negocio, sin amargo, la invitó a seguir para escucharla con detenimiento.

Realmente era una opción irrechazable. Nunca en su vida había escuchado o visto una cifra igual. Pero no sólo era el dinero. Le ofrecían una nueva vida, a él y a toda su familia. Las cosas no le faltaban, pero con esa fortuna que le pintaban, creía que podría hacer mucho por quienes más lo necesitaban.

Firmó el papel bajo la sombra sonriente de la mediadora. En el último trazo, la duda lo invadió, pero la razón la echó a patadas de inmediato.

~ Feliz, muy feliz ~

Recogió la mesa y se dispuso a lavar los platos. En ese mismo instante, recordó que aun no había observado todas las fotografías del día anterior. Al pensar en ello, una oleada de helado pánico lo acució. ¿Qué más cosas emergerían de aquellas místicas imágenes?

Cogió a la niña de la mano y salió de su morada. Su maleta negra se quedó en casa. Caminaron por el pasaje comercial que se encontraba cerca. Pasó de largo el almacén de insumos fotográficos y se internó en un local de letrero rosado. –Quiero un vestido para mi nieta– dijo sin el menor asomo de duda. –Medias y zapatos también.

La dependienta diligentemente equipó a la niña con un delicado vestido de tul, medias rematadas en ribetes blancos y unos zapaticos azules de suela de goma. La pequeña corrió por todo el lugar, esbozando una tranquila sonrisa.

Él la miraba en silencio. Feliz, muy feliz. No recordaba desde cuándo la alegría no lo visitaba.

Vagaron por la ciudad hasta el atardecer. La niña no paraba de hablar, de reírse, de asombrarse, de brincar por todo lado. Él sólo la miraba, la admiraba. Finalmente, llegó a su casa con la niña en brazos, totalmente profunda. Gentilmente la puso en la única cama del lugar, le quitó los zapatos azules y la arropó. Un murmullo de buenas noches y un beso en la frente.

En un improvisado lecho, armado con cojines, descansó en la sala. Durmió tan plácidamente como nunca lo había hecho. Al despertar, corrió a la habitación contigua. La cama estaba pulcramente tendida. La chiquilla no se encontraba allí.

~ Seda y paño ~

Comenzó su nuevo trabajo casi de inmediato. Lo habían citado para acompañar a una afamada periodista en la realización de una entrevista a alguien muy prominente en el ámbito político. Él, tan cumplido como siempre, estuvo en el lugar citado a la hora precisa. La periodista, además de afamada era incumplida. Una hora y doce minutos aguardó el muchacho, bajo el candente sol del medio día. Ella se apeó de un enorme vehículo, escoltada por un par de jovencitas cargadas a mas no poder con cajas de maquillaje, carpetas, micrófonos y varios maletines.

Él intentó saludarla, pero ella lo dejó con la mano extendida. Pasó de largo y mugió:

–Vamos, vamos, que estamos tarde y nos están esperando.

Las jóvenes ayudantes ni lo determinaron; presurosas ellas, seguían como podían a la mujer impecablemente vestida de sastre. Él, resignado, se limitó a ir detrás de todas ellas.

En un salón tapizado con inmensas pinturas de algunos de los magnánimos próceres de la patria, adecuaron los equipos requeridos para su trabajo. El joven tan sólo extrajo de su morral una de sus cámaras, caminó un poco por el cuarto, corrió una o dos cortinas que ennegrecían el lugar y se sentó a esperar.

–¿No vas a hacer nada más?– dijo una de las odiosas jovencitas-Si ya acabaste, ven y me ayudas con esto– le entregó en la mano una caja con implementos de belleza y le ordenó que la sostuviese mientras ella maquillaba a la periodista.

Pasada otra hora, un séquito de enormes tipos, vestidos de negro de pies a cabeza, ingresó al lugar. Esculcaron todas las pertenencias del equipo y se retiraron de nuevo. Ni una sola palabra. Luego de unos treinta minutos, regresaron y, en medio de todos ellos, un rechoncho personaje caminaba pesadamente. Éste saludó muy cariñosamente a la mujer con el micrófono, se cruzaron algunas palabras inaudibles para el resto y se sentaron en unos cómodos sofás en medio del salón.

No era muy claro que era parte de la entrevista y que una conversación entre amigos. El muchacho tomó tantas fotografías como las ayudantes lo dejaron. Ellas se le cruzaban en el camino, le indicaban, bruscamente, que a la mujer ese perfil no le favorecía o, simplemente, le quitaban la cámara de las manos.

Dos horas más tarde, el suplicio llegó a su fin. Las tres mujeres salieron del lugar sin la más mínima intención de despedirse de él. Aun así, nada de lo ocurrido lo había molestado. Llegó a su casa y reveló las fotografías tomadas en la sesión. Pero en lugar de ver los rostros de la mujer y el político, se topó con horripilantes monstruos vestidos de seda y paño.

~ Él lloraba ~

Se sentó en el quicio de la puerta con la cabeza entre las rodillas. Sentía el sol lanzándole latigazos sobre la nuca. La gene pasaba por la acera, pero el sólo veía las sombras que aquellos seres proyectaban sobre él concreto; era una sucesión de manchas penantes, amorfas, vivas. Pero toda la atención del momento la tenían sus oídos: aguardaba el instante aquel en que la brillante y dulce voz de una niña dijera "abuelito".

Fue extraído de su ensimismamiento por los ladridos de un can callejero, que intentaba llevarse un trozo de caucho de algún neumático. Si su niñita no iba a volver, sería mejor que la resignación lo invadiera muy pronto. Con la cabeza hundida entre las piernas, añoró las virtudes del olvido. Ahí permaneció por otras horas más, viendo las sombras pasar.

Finalmente el sol lo abandonó y regresó a su gruta. Todo era igual, reconocía entre su desorden la monotonía de decenas de años de absoluta soledad. Sin más que hacer, y sin tener con quién lamentarse, regresó a lo único que lo mantenía con vida. Extrajo de una bolsa una centena de fotografía y se dedicó a la contemplación. Cada rostro en sus imágenes le recordaba alguna mueca o ademán de su niñita. Cuanto más miraba, más soñaban aquellos rostros impresos en el papel, ser aquel delicado y efímero angelito. Unas gotas cayeron sobre una foto de una iglesia: él lloraba, como un bebé desconsolado, lloraba.

Pasó otra extraña y placentera noche de sueño. Al despertar, se vio tirado en el suelo, sin mas protección que una roída camisa gris. Se encontraba algo desconcertado, caminó hacia el baño, pero no lo encontró. No estaba en su casa, sin embargo, no se sentía fuera de lugar.

~ Una vez más ~

Intentó volver sobre sus pasos. Ser fotógrafo de barrio no era tan malo, después de todo. Pero el advenimiento de la instantaneidad, lo dejó en bancarrota. Luego de probar suerte en diferentes lugares y oficios, terminó cargando a sus espaldas una maleta llena de correspondencia. Fue cartero por más de un cuarto de siglo, cuando, por fin, el fruto de su fatigante labor le llegó, irónicamente, en un sobre con la palabra "pensión".

Entonces desempolvó su cámara y volvió a hacer aquello que creyó olvidado en el desván de su memoria. Una vez más, los rostros congelados en el tiempo se volvían a proyectar sobre las misteriosas hojas de papel químico. Sus arrugados dedos una vez más se clavaban sobre el obturador. Una tímida sonrisa se asomó de nuevo sobre el rostro cuarteado del anciano.

~ Feliz cumpleaños ~

Recorrió el lugar intentando descubrir dónde se encontraba. Se repente, una voz salida de la nada lo llamó por su nombre, ese nombre que en años no había sido pronunciado. No supo cómo reaccionar. Inmóvil permaneció hasta que vio la sombra de alguien acercarse por una puerta. La negra mancha fue precedida por el esbelto cuerpo de una mujer, de tal vez una treintena de años. Ella lo llamó de nuevo, esta vez en un tono más condescendiente y amoroso. Se le acercó y, mientras se arrodillaba, le entregaba una cajita con un moñito azul.

–Feliz cumpleaños– su voz era de total expectación. Él rompió con un solo movimiento la envoltura y encontró en su interior una cámara 110 de cajita plástica, igual que la primera que tuvo en su vida.

La mujer lo abrazó fuertemente y lo instó a probarla de inmediato. Juiciosamente siguió la voluntad de la dama, abrió la ventanita que cubría la lente, encuadró la imagen y disparó.

Por fin lo recordó todo. Al voltear hacia su derecha, observó su infantil figura reflejada en un espejo. Su madre estaba a su lado aplaudiendo dichosa su primera fotografía. Al lado del espejo estaba una antiquísima imagen. Era una niña vestida elegantemente de seda, llevaba suelto su cabello rizado, negro como la noche.

–¿Quién es ella?– una infantil voz salió de su garganta. –Es tu abuela, ¿acaso no lo recuerdas?

15 de abril de 2007

"...caminaba pacientemente por el recodo del parque. Al verlo tan cerca, mi corazón palpitó entusiasmado. Esperé un poco más, agarrando con fuerza las esquinas del banquito en donde lo esperaba. Una vez de frente a mi, me besó, no sin antes quejarse de nuevo sobre el picor que le produce mi bigote"

Arthur J. Bernard. "Yo y El". 1934

Devorador

Un incontenible apetito, una ansiedad irrefrenable por engullir, ningún plato le era suficiente. En ese perpetuo afán de atragantar, pasaba su vida entera. Angustiosamente impelía enormes mordiscos a todo cuanto pasaba frente a su boca.

Tragar, tragar, tragar. Era todo cuanto pensaba. Pero un día la conoció. Ella no caminaba, ondulaba. Ella no tragaba, absorbía. Desconcertado, la miró tan atento, que hasta el deseo eterno de comer lo abandonó por un buen rato. Ella se sintió observada y osciló hacia él. Con un suave movimiento lo invitó a acercarse. Él no tuvo otra opción: se dirigió hacia el lugar en donde ella se encontraba, cual perrito faldero. Entonces ella se extendió maravillosamente, ampliando su figura de un modo totalmente simétrico, se hizo tan fina que casi se podía ver a través de ella. Él se sintió microscópico. Ella lo abarcó en su totalidad, mientras se curvaba hacia el suelo. Lentamente, todo su perímetro se hizo mas y más pequeño. Él se mantenía estupefacto ante la grandiosidad de tal hermosura. Al final, ella se cerró sobre si misma, y lo absorbió. Esas cosas suelen suceder cuando te enamoras de una ameba.

30 de abril de 2008

El imitador

De un modo furtivo se me apareció en la vida. No venía para quedarse, pero las circunstancias del destino nunca han sido escritas con la misma mano.

En medio del vuelo entre Sao Paulo y Lima, recordé las ilustraciones que mi abuelo tenía colgadas en la pared. Eran figuras de contornos animales de líneas plenamente definidas. Yo me sentaba a observarlas mientras intentaba reproducirlas en un papel. Las dibujaba una y otra vez, siempre intentando copiarlas tan fielmente como podía. Ése fue mi primer paso, el que marcó definitivamente mi profesión: falsificador.

La práctica constante y los nuevos y mas difíciles retos han sido mis mejores maestros. Comencé con cosas fáciles: la firma ilegítima de mi madre sobre un permiso escolar; un documento de identidad que me permitiese ingresar a ciertos lugares vetados para los de mi edad. En fin, todo cuanto otro hombre hubiese hecho, yo era capaz de imitarlo, con tal detalle y perfección, que hasta el original podría entrar en dudas de su condición.

Un día dejé los proyectos simples y me planteé un propósito mayor: imitar la naturaleza. No fue sencillo, ella es muy buena en lo que hace; a su lado, el hombre es un torpe constructor, es como darle un pincel a un macaco y esperar que dibuje un Monet. Pero todo se puede imitar, y yo fui quien dobló a la naturaleza.

* * *

Ella se sentó a mi lado, yo estaba en el puesto de la ventana, siempre lo pedía. No podría pasar varias horas de mi vida mirando el respaldo de una silla. Las nubes se veían como bolitas de algodón uniformemente distribuidas por todo el espacio. Nubes, fácil, cristales de agua a una temperatura y presión específicas.

Insistentemente ella intentaba abrir una bolsita con algún pasabocas artificial. Una película de polipropileno recubierta con una delgada capa alumínica termo-sellada: fácil. El paquetito se le cayó al suelo, ahí me percaté de su condición. Ella tenía u solo brazo. Un brazo: muy difícil. Recogí el objeto del suelo, lo limpié vigorosamente con mi pañuelo y se lo entregué abierto. Al extender su única mano, una reluciente argolla brilló en su dedo anular.

No es que me encontrara en plan conquista, pero ella, de un modo extraño, me causó un escozor en medio del abdomen. Igual, esbocé una amplia sonrisa y me quedé observándola un instante más.

Hábilmente manipuló el paquete para poder hacerse con lo que se encontraba en su interior. Al terminar su merienda, se volvió hacia mí y me sonrió satisfecha.

–Muchas gracias, caballero– un acento marcadamente portugués la ubicó de inmediato. –Estos chismes a veces me dan un mal rato, pero fue todo lo que encontré en medio del afán del abordaje– se le notaba el buen dominio de mi idioma. La miré con la inseguridad que me ataca al estar junto a una mujer hermosa y amable. –Yo...– la sobrecargo ahogó mis palabras con el almuerzo de abordo. Comimos en silencio. Una vieja película para público de todas las edades acabó por completo con mi valentía. Apenas nos hicimos un guiño de saludo al aterrizar. Al salir, vi cómo su largo cabello negro se hundía entre la multitud que abarrotaba el aeropuerto.

*   *   *

Mi intención inicial era la de dirigirme a la antigua casa de mi familia; aunque hacía mucho nadie habitaba de siento allí, tenía un tránsito constante de huéspedes, en esencia, mis primos, tíos y sus familias. Pero la imagen de la mujer del avión me tenía en un estado de estupidez ambulante que me terminó llevando a una zona hasta ahora desconocida para mí de esta ciudad.

Altas torres de brillantes puertas giratorias se erguían hacia el negro infinito de la noche. Deambular por las calles no era una de mis actividades preferidas, pero luego de varias cuadras de nula actividad racional, me sentí reconfortado. No mas analizar la composición química del vasito desechable que rodaba por el piso, no más intentar descubrir los procesos industriales requeridos para la construcción de aquel semáforo, no más.

Mi mente quedó en blanco y mis pensamientos se acallaron de golpe. Estaba perplejo y feliz. Ese respiro lo necesitaba hacía un largo tiempo.

Subí la mirada hacia un ventanal que custodiaba un amplio salón de un hotel. Una cabellera negra se irguió de una silla y mi corazón palpitó irrefrenablemente. Temblando de miedo, corrí hacia ella, pero la realidad me atropelló de un modo intempestivo: dos brazos, con sus manos correspondientes, se descolgaban de sus hombros.

La racional mente analítica volvió a inundar mis pensamientos. Me dirigí directo a "la casa" sin la más mínima intención de volver a salir de allí por un buen rato. Mirando a través del cristal ennegrecido por el polvo, el deseo de volver a verla logró nublar aun mas mi visión.

* * *

El trabajo ya me requería, debía regresar de inmediato a mis actividades, sin embargo, intenté postergar el retorno tanto como pude. No me sentía a gusto, y mi deseo por encontrarme a la mujer del avión me atormentaba continuamente. Pero no tenía más opción. Al despegar el avión, sentí cómo la gravedad quería ser mi cómplice intentando adherirme al piso, pero las toneladas de empuje producidas por las turbinas de la nave terminaron derrotándonos, a mí y a la gravedad.

¿Quién creyera que encontrar a una brasilera, de cabello negro, que habla perfecto español y que tan sólo tiene un brazo, fuera tan complicado? Pues lo es, y mucho. Luego de varios meses de inerte búsqueda, terminé dejándome inundar por el trabajo. Así pasó rápidamente otro año, y mi viaje de regreso a la casa volvió de nuevo. Sin expectativa alguna me ubiqué al lado de la escotilla, viendo los tractocamiones arrastrar los equipajes y perderse bajo el avión. Una alargada caja negra, sola en medio de uno de los vagoncitos, me llamó la atención. Lucía como un féretro y, muy probablemente, tal vez lo fuese. Despegue, vuelo, comida prefabricada, película para todas las edades, aterrizaje. Otra vez en esta ciudad. Desembarqué a lo último. Con una mano repetía los inagotables pasos para hacer una grulla de origami con un retazo de alguna factura. La terminé ya en el puente aéreo y la dejé abandonada, como siempre lo hago, a su suerte sobre algún mostrador del pasillo.

Caminé un corto trecho buscando la puerta de inmigración, cuando la sensación de un delicado toque en mi hombro me detuvo. Me giré prevenido ante la posible llamada de alguna de las acosadoras promotoras del lugar, pero me encontré de frente a una morena tez de negros ojos, enmarcada con una oscura y sedosa cabellera. En la palma de su única mano, descansaba la figurita blanca de papel.

*   *   *

El papel ha desarrollado un importante y casi indispensable "papel" en mi vida. Ha sido el medio para plasmar esa maraña de pensamientos a la cual suelo llamar "idea". El papel que han tenido todas esas hojas cuadriculadas dentro de mi trabajo es imposible de calcular. También ha sido un impulsor de muchas de mis más increíbles imitaciones. Su maleabilidad y delicadeza no las tienen ningún otro elemento. Un papel en blanco es la mejor representación figurativa del potencial universal: el papel lo puede todo.

Y, enfrente de mí, está ella sosteniendo un minúsculo papelito, hábilmente manipulado empleando algunas sencillas operaciones de aquel milenario arte de la papiroflexia. Al parecer, el papel de ese trozo de hoja fue el de provocar este reencuentro. ¿Cuál será el papel que finiquite todo esto?

De inmediato me reconoce. Ella va toda vestida de negro, con unos lentes oscuros descansando sobre su cabeza. De nuevo me muestra una sonrisa cálida y brillante. Todos mis movimientos se reducen al absurdo. No dejo de mirarla, absolutamente consternado y feliz. Mis manos se mueven nerviosamente, intentando encontrar alguna cosa a la cual asirse. Emito un sonido que ni de cerca se asemeja a un saludo. Ella se ríe. Ella carcajea. Ella me abraza. Ella llora.

En la alargada caja negra lleva los restos de su ex esposo, un oriental residente en Iquitos al que conoció en un trabajo de campo en las selvas peruanas. Ya llevaban mas de un año felizmente separados por sus propios afanes laborales. Él murió debido a un fuerte ataque de dengue en un perdido poblado al sur de Manaos. No llegó a tiempo para recibir la debida atención. Ahora ella traía su cuerpo para que los pocos familiares que aquí vivían, le diesen un último saludo.

En su mano aun llevaba el pajarito de papel, suavemente sostenido para no dañarle su delicado plumaje. Me fijé una vez más en su mano: todos sus dedos estaban desnudos, delicados y hermosos. La miré con algo que creí podría ser ternura. Sus ojos ye se estaban secando, pero de nuevo empaparon otra servilleta. Mi experiencia con las mujeres tiende a cero a medida que más me les acerco.

Hablamos todo el día, y la noche y el otro día. Se despidió de mí con un beso y con la certeza de un muy próximo reencuentro. Seguí a pie hacia la casa, estaba tan feliz, que un rayo de inspiración salió disparado desde mi neocortex y me mostró la respuesta a mi eterno interrogante. Por fin, lo había encontrado. La caja de Pandora se me abrió ante mis ojos, pero estaba preparado, tenía la red que podría capturar todos esos demonios.

* * *

Ese secreto, tan fielmente custodiado bajo la poderosa capa de la sencillez elemental, ahora era mío. Creo que la naturaleza se sintió en paños menores cuando descubrí la fórmula de la existencia. Me senté en un banco de un parque, mirando muy de cerca las pequeñas hojas de una hiedra. El eslabón perdido de la fotosíntesis se me presentaba ante mis ojos con el brillo de su cuántico resplandor. Lo veía ejecutarse incesantemente en cada célula de aquella hoja. De repente, todo se transformó ante mí. Como si estuviese dentro de la alucinógena visión de un trance de yagé, pero sin el respectivo vómito que conlleva, vi los invisibles hilos de la vida proyectarse desde todos los seres que estaban a mi alrededor. Vi la energía que vibraba en cada paso que daban, quemando ingentes cantidades de moléculas de ATP para flexionar sus músculos. Vi el candente proceso en el que el aire inhalado por un perro era filtrado y cómo las minúsculas partículas de oxígeno eran introducidas dentro del torrente sanguíneo. Y también vi al padre de toda nuestra existencia. Él brillaba, y aun lo hace, muy a pesar mío. Observé con una claridad agobiante, la fusión nuclear en su interior. Aquellos átomos de hidrógeno uniéndose entre ellos y desprendiendo la energía que hizo posible la vida en esta roca en medio del espacio.

Cerré mis párpados para darle un respiro a mis abrumados ojos. Al volver a abrirlos, ya todo había vuelto a la monótona normalidad, menos yo, que me encontraba en un lugar en un lugar desconocido en un incierto momento del tiempo. Me paré como un resorte del sitio en donde estaba tirado. No era la banca del parque donde hacía unos instantes creía haber estado. Ese lugar lucía como un sanatorio o una cárcel. Una pequeña ventana, custodiada por gruesos barrotes de una mal lograda aleación de hierro y carbón, dejaba pasar un poco de luz del exterior. Me empiné hasta alcanzarla y miré hacia fuera. Un infinito blanco rodeaba por completo el lugar. Me di la vuelta, esperando ver una gran reja de acero, pero me encontré con un corredor largo y sombrío, rodeado de incisiones que asemejaban cuartos como en el que me encontraba.

Con cautela recorrí el lugar durante varias horas, o un tiempo indeterminado que parecieron horas, pues mi reloj no funcionaba en lo absoluto. Me harté de ver cientos de cuarto idénticos: un mesón anclado a la pared, una ventana con rejas y una vista hacia la nada. Terminé corriendo por ese inagotable pasillo hasta caer rendido. Me tiré en lo que parecía la cama del cuarto aquel y quedé dormido. Al despertar, todo seguí igual, con la excepción de un plato de comida a la entrada del cuarto. Lo devoré sin miramiento. Luego, salí del nuevo a ver si encontraba a mi carcelero. Nada, sólo el plato, un plato de latón sin ningún símbolo o seña distinguible. Lo agarré y seguí mi travesía por ese maldito túnel.

De nuevo el sueño me abordó. De nuevo otro plato de comida, el anterior había desaparecido. Y así, no sé cuanto pasó hasta que por fin me topé con una puerta. Custodiando la salida, un papel escrito con una caligrafía exquisita me advertía: “Esto queda entre los dos”.

Salí de allí hacía una luz enceguecedora que me obligó a cerrar los ojos casi de inmediato. Al abrirlos de nuevo, una figura vestida de azul me agarraba de un hombro. El rostro de aquel policía no era de muchos amigos. Me miró de arriba abajo y me indico que no era muy recomendable quedarse dormido dentro de ese parque., el mismo parque donde desaparecí, la misma banca donde me senté. Todo había sido un mal sueño. Me levanté con calma y estiré mis brazos con fuerza. En mi mano derecha tenía agarrado un papel arrugado. Lo abrí, para ver con horror la nota pegada en la puerta del pasadizo de mi pesadilla.

* * *

De inmediato identifiqué aquella melodía. Ésta me recordaba un momento de mi lejana juventud. Los electrónicos acordes de un imaginario instrumento musical me brindaron un largo rato de apacible tranquilidad. Necesitaba un momento de calma. Una amenaza del universo no ha de tomarse a la ligera.

Dos suaves golpes en la puerta me sacudieron de mi letargo. Ella estaba enfrente de mi casa, tan bella y dulce que la falta de un brazo pasaba totalmente desapercibida. Esta vez no hubo un tímido saludo. Un maremoto de besos apasionados terminó en las arenas de una cama, con las sábanas revueltas del lecho fingiendo se la espuma del mar.

No lo puedo negar. Mi vida cambió radicalmente, pero en ningún momento opuse resistencia. Ella era tan hermosa por dentro como lo era en su exterior. Con las riquezas que había logrado en mi anterior y oculta vida de falsificador, simplemente nos dedicamos a disfrutar de la existencia. Un hijo, fruto de nuestro amor, emergió de sus entrañas al poco tiempo. Esto me fascinó más que cualquiera de mis otras obras. La vida germinaba una vez más y yo era partícipe de la creación.

Varios años después, mientras yo atendía a unos viejos amigos, ella regresaba con nuestro hijo de la escuela. Corrí hacia la puerta para recibirlos, pero un par de sujetos de traje los estaban reemplazando.

La caída desde el acantilado no dejó rastro alguno de mi querida esposa y mi tierno hijo. Luego de tantos años, maldije por vez primera. Casi enloquecí. Me encerré en mi casa por varios años, urdiendo un plan contra el destino. Saqué de la caja fuerte el único objeto que allí guardaba. Leí de nuevo la tajante inscripción impunemente escrita en ese trozo de papel. Y con una rabia incontenible grite: -Esto… no queda entre los dos.

*   *   *

Tan sólo me faltaba resolución, el conocimiento ya lo había adquirido. Me dediqué, inicialmente, a probar lo que ya sabía: podía emular el secreto de la naturaleza.

El regreso al trabajo me permitió mantener la cordura, al menos la suficiente cordura para seguir viviendo. Comencé mi labor con cosas fáciles: un grano de sal, una roca, una bacteria. El secreto de la vida no radica en los ingredientes, sino en la intención. Mi objetivo: hacer un nuevo planeta Tierra a mi imagen y semejanza. Pero para su creación me faltaba la materia prima. De nuevo, una blanca hoja de papel me dio la inspiración: el potencial infinito. Del vacío obtuve todo cuanto necesitaba. Podría llegar a crear un nuevo universo, pero no soy tan pretencioso. Una nueva Tierra, sola para mí y mi progenie era lo único que quería.

Lento al principio, exponencial al final. Velozmente fui viendo los resultados. La construí exactamente al otro lado del sol, así nunca se verían la una con la otra. Pero algo salió mal. Mi Tierra enloqueció. Todo cuento había hecho se desvió del camino que yo le había trazado, y no me quedaba mucha vida para volver a empezar. Mi plantea colapsó, como un enorme castillo de naipes, quedó desperdigada por todo el universo. Defraudado de mí mismo, me tiré en un pastizal para esperar mi cercana muerte, preguntándome aun el por qué de mi fallido intento por ser un dios. Yo que lo puedo todo, no pude ser feliz.

Extraje de mi bolsillo la nota que certificaba mi fracaso. "Esto queda entre los dos". La leí una y otra vez, tratando de ver más allá de esos delicados trazos que formaban esas cinco palabras. Pero no había nada que ver, al menos por ese lado del papel. Descuidadamente le di la vuelta a la hoja. En pequeñas letras, casi borradas, una nota tipográfica se burlaba mezquinamente de mí: "Todos los derechos reservados. Patente Pendiente".

27 de mayo de 2008

Amistad

Su garra se posó sobre mi hombro, el león me saludó a su modo. Un viscoso lengüetazo mojó todo mi rostro. Me alegré de ver, una vez más, a mi amigo. Caminamos un rato, mientras le contaba de mis últimos meses. Él, muy atento, seguía mi monólogo, rugiendo alegre ante algunos de mis divertidos apuntes, o arrugando los ojos, cuando le conté de la muerte de mi padre. Me tropecé con un gran hueso, probablemente el fémur de una zebra. Lo agarré y lo lancé hacia lo lejos. El león siguió su trayectoria con la mirada. Flexionó sus músculos anteriores, impulsando todo su cuerpo en un grácil salto. Unas cuantas de sus enormes zancadas le dieron alcance al proyectil. Gorgoteó satisfecho, mientras rumiaba la osamenta. Me le acerqué con cautela, intentando no molestarlo mientras comía, y me senté a unos cuántos pasos, viéndolo juguetear con el largo objeto. Saqué un cigarrillo y lo prendí. Él se detuvo de repente, me miró fijamente, se puso en sus cuatro patas, dio un par de pasos hacia mí y, de un zarpazo, quitó el cigarro de mi boca. No recordaba cuánto le disgustaba verme fumando.

Al atardecer nos despedimos. Abracé su enorme cabezota y le rasqué la barriga. Encantado, se tumbó esperando más de mis caricias. Hoy venía preparado. De mi mochila salió una especie de peine de gruesos dientes, construida en madera. Él la miró con recelo, pero a los pocos segundos de uso, el placer había abarrotado todos sus sentidos. Casi no me lo quito de encima. Sólo hasta que puse cara de seriedad se calmó un poco. Nos despedimos. Me quedé viendo cómo se internaba en un matorral alto y amarillo. Con un potente rugido me recordó nuestra amistad.

27 de mayo de 2008

Ella viste de negro

Ella vestía un abrigo negro, casi hasta los pies. Era apenas comprensible. En estos días de invierno, de norma era ir casi con una cobija encima. Su cabello negro, lacio y muy largo, sumado a esos penetrantes ojos tan negros como la nada, contrastaban con su blanquecina piel. Una rayita roja intentaba parecer su boca. Así la vi ese día, así de pulcra y misteriosa. Y así la vi de nuevo, tiempo después. Caminaba sin prisa, pero segura. Intenté cruzármele en su camino, pero mi jefe me llamó a preguntarme alguna estupidez. Al volver la mirada, ella ya había desaparecido. Otro día cualquiera, mucho tiempo después, la tuve cerca de mí. Resoluto, caminé hacia ella. Nada ni nadie me distraerían de mi objetivo. Con una agilidad más allá de lo animalmente posible, me evadió. Esperé volver a verla, pero el tiempo pasó y se llevó el recuerdo de esa mujer en uno de sus vagones.

Al salir un día del trabajo, luego de cumplir con un extenuante turno nocturno, la vi otra vez. Y aunque ya no era una obsesión en mi mente, si despertaba mi curiosidad. Se me acercó y me cogió del brazo, para terminar con un beso en mi mejilla. Luego, una bala perdida de un tiroteo cercano, atravesó mi corazón.

27 de mayo de 2008

"Try to get enough power to discover
the magnificent ceil of the stars"

Peter Hume. The Starmen Civilization. 1968

El Último Bastión Humano

Y el impulso inicial se dio en el momento indicado. Él miraba reticente a su querido hijo, mientras era impulsado hacia el espacio por la trepidante fuerza del poderoso motor de impulso iónico. Su esposa lo abrazaba tiernamente, pero no sin sentir cierto estupor ante el innegable hecho de no volver a ver al joven astronauta. El futuro de aquel hombre, junto con el de los miles de tripulantes de la nave era tan borroso como su propio destino, la nebulosa de Andrómeda.

Ricardo Grey, capitán de la última esperanza de la humanidad, llevaba a sus espaldas los tres cientos cuarenta y dos mil ciento veinticuatro jóvenes sanos y fértiles del planeta. Su objetivo era un infinitesimal puntito perdido en el espacio en donde los hombres pudiesen continuar su especie. Este puntito sería Tierra-2.

El señor Grey, de casi sesenta y cinco años y líder de los pocos rastrojos humanos, fue quien impulsó dicha iniciativa. Todos los ancianos e impedidos física o mentalmente se quedarían en el viejo planeta esperando su inminente hundimiento. La causa de tal desgracia ya no tenía importancia, ellos se sentarían en el porche de su casa en Indianápolis esperando, sin mayores preocupaciones, que el sol no volviese a salir de entre el sembradío de maíz.

John y Bernarda Grey tuvieron varios hijos. Pero la mayoría murió en la última oleada negra, así como casi todos los adolescentes y niños del planeta. La marea de devastación arrasó con todo en tan sólo treinta y cinco horas. Menos de dos días bastaron para enviar a la humanidad treinta siglos atrás en la evolución. Pero lo que nadie podía creer era la injusticia del planeta: las últimas ocho generaciones habían dedicado todo su empeño en curar a la Tierra del nefasto accionar del hombre durante tantos siglos. Pero nada, eso no impidió que la microscópica bacteria Nigris Aureus surgiera de la nada y matara el noventa y ocho por ciento de la población del planeta y, aunque en su mayoría, las víctimas inmediatas eran jóvenes, muchos mayores se quitaron la vida al ver semejante infamia.

Entonces, alrededor de unos dos millones de vejetes e inútiles deambulaban por la faz de la Tierra esperando morir en cualquier momento.

* * *

John se levantó de su silla en la cual había pasado la corta y calurosa noche de verano viendo las estrellas. El viaje de su hijo era en una sola vía, así como la vida misma. Se estiró con fuerza y entró a la casa. Su mujer le tenía una cálida taza de café y un panecillo recién horneado. Comieron en silencio. Al terminar, él agarró el sombrero de ancha ala y se internó en la plantación. Luego de la peste, los seres vegetales crecieron de un modo exponencial. No faltaba la comida, pero mataría por unas costillitas de cerdo. La mayoría de los animales de granja también cayeron ese día. Recogió un par de enormes mazorcas, una canasta de moras silvestres y unas cuantas cosas más y se enfiló camino hacia la vivienda. En el trayecto a la casa, divisó a lo lejos una mancha de polvo que se acercaba por la carretera.

Su vecino más cercano, el viejo (bueno, quien no era viejo en esa época), el realmente viejo Carl Zedrik se apeó de su destartalado camión.

–John, tenemos noticias de los chicos. Acaban de pasar Júpiter. Están listos para el último adiós.

John dejó caer lo que llevaba en las manos, corrió al interior de la cocina y sacó a rastras a su esposa. El camión arrancó con un ahogado rugido y galopó como nunca por la polvorienta ruta hacia la ciudad.

* * *

Bajo una inmensa antena parabólica, una casucha destartalada abrigaba el preciado sistema de comunicación. Casi un centenar de hombres y mujeres de prominente edad esperaban pacientemente su turno frente al micrófono. John los miraba ceñudamente, la melancolía la guardaba para el momento de hablar. Las lágrimas y sollozos resplandecían en los rostros de todos esos afortunados que pudieron seguir llamándose "padres" luego de la epidemia.

El viejo Carl pateaba una desteñida lata de Coca-Cola. Él no estaba detrás de nadie. Nunca tuvo hijos. Bernarda regresó junto con otras dos mujeres del grupo, ataviadas con sendos sombreros de tonos pastel enarbolados por exagerados tocados de plumas. Reían como niñas traviesas luego de cometer alguna jugarreta. Sus espectadores las miraron un tanto desconcertados para, al final, reír junto con ellas.

La ciudad, con la excepción de ese momento, era un pueblo fantasma. Los escasos sobrevivientes del lugar, abandonaron todo para irse a vivir a los campos, esa era la única manera para no morir de inanición. Las tres mujeres llevaban consigo unas pesadas bolsas. Caminaron por toda la fila, repartiendo absurdos e inútiles objetos a todos los ancianos. Una pelota de tenis, un gorrito para fiestas hecho de cartón, un moño rosa, un silbato plástico, un diario de pasta acolchada.

–Recuerdos de nuestra fiesta– gritaron las tres al finalizar la entrega de los regalos. El grupo de adultos rió al unísono. Las carcajadas retumbaron por entre los altos edificios que rodeaban el lugar. Esas enormes estructuras de concreto vibraron una vez más con la alegría humana. Todo volvió a quedar en silencio. El acongojado rostro volvió a pintar las arrugadas caras de todos ellos.

Finalmente, Bernarda y John entraron en la cabina. En los mandos del dispositivo se encontraba el sargento retirado McNeal, experto en comunicaciones. Les dio un par de instrucciones sobre cómo operar el transmisor, y salió discretamente del lugar.

–Mamá, papá– John no se pudo contener, un imparable torrente de lágrimas lo inhabilitó por unos minutos. Bernarda saludó a su hijo, le preguntó por su salud, por sus amigos; le inquirió si ya había visto alguna rubia californiana en la tripulación: –Yo se cómo te mueres por las rubias, Ricky. Espero que te topes con alguna muy pronto– Ricardo rió un buen rato, imaginándose las dos arrugas en el entrecejo que se el formaban a su madre cuando intentaba poner cara de seriedad.

–Ricky, ¿qué tal se ha comportando la nave? ¿Va todo en orden? ¿Ha ocurrido algún inconveniente dentro de la tripulación?– Ricardo adoptó rápidamente su posición del aplomado capitán del navío y contestó una a una las preguntas del Director del Último Bastión Humano. La conversación duró otros cuarenta y tres minutos. Según el informe del capitán, todo estaba listo. Aguardarían en la órbita de Júpiter siete días terrestres más para, finalmente, encontrarse con la conjunción precisa que los hundiría en el vórtice del tiempo. Era un momento cósmico único, no podrían desaprovecharlo.

John dirigió al grupo a la sede del otrora cinco estrellas Hotel

Grayshard. Con anterioridad había ordenado preparar el lugar para esta ocasión. Todos se dirigieron a sus respectivas habitaciones. –¿Subes, querido?– increpó Bernarda a su marido. El la observó por unos instantes, recordando la primera vez que la vio pasar por el taller de bicicletas donde el trabajaba. –En un rato, tengo varias cosas en que pensar.

Al séptimo día, los cansados viejos se dirigían, una vez más, a la cabina del comunicador. Este sería el último momento para hablar con sus hijos. De aquí en adelante, la Tierra no abrigaría, nunca más, a ningún ser humano. Era cuestión de, a lo sumo, otros cincuenta años. En ese plazo de tiempo, ningún hombre volvería a estar en pie. O tal vez, la Tierra colapsaría mucho antes, acabando de tajo con todo ser viviente dentro del planeta.

Esta vez, John pasó de primero. Bernarda lo esperaba afuera, jugando parchís con algunas de sus amiguitas. El joven capitán recibió toda una serie de consejos de su padre. Pero tan sólo recibió una orden del Director: no regresen.

La singularidad en el espacio-tiempo se produjo de acuerdo a lo calculado. La nave se lanzó de cabeza en ella y desapareció.

Otros tantos hombres y mujeres en la Tierra prefirieron seguir a sus hijos esa noche. Al menos en espíritu. John se quedó en la ciudad. Envió a su esposa con el viejo Carl.

John caminó esa noche por las desoladas calles de la antigua metrópoli. Ya se escuchaban los sonidos de algunos de los nuevos habitantes de esta selva de concreto. Un búho pasó rozando su grisácea cabeza. El líder del mundo estaba triste, y no quería que su mujer lo viera así. Meditabundo, recorrió todo el centro, pensando en tantas cosas que se le terminó haciendo un nudo en la cabeza. Se sentó en una silla metálica frente a lo que alguna vez fue un lujoso café y levantó su mano derecha, en un divertido movimiento que intentaba llamar la atención de alguno de los atareados camareros fantasmales del restaurante.

–¿Qué desea ordenar, señor?– se imaginó escuchar.

–Tráigame un expreso y un par de colaciones de vainilla– dijo firmemente, mientras agarraba con la punta de sus dedos el marco negro de sus gafas. –Ah, y dese prisa, estoy esperando mi muerte.

10 de junio de 2006

El traje gris ratón

Este podría ser un buen comienzo. Fernando descorrió las cortinas hechas jirones que, a la luz de la brillante mañana, hacían ver la mesita de noche como una zebra rectangular. Para él, ese momento de radiante alegría, se tradujo en un buen augurio de lo que le depararía el destino.

Chancleteó hasta la enmohecida ducha, llevando en su hombro la toalla que días atrás había comprado. Miró el verdoso tubo con cobardía pero, con un movimiento firme y resoluto, abrió por completo la llave del agua fría. Como una cascada transportando las heladas lluvias árticas, sintió sobre su impúber pecho las gotas golpear. Las manchas de sangre que cubrían casi todo su cuerpo se desvanecieron tímidamente por el desagüe.

Dos noches atrás, Fernando Panneso había cometido su primer crimen. Ahogado por el letargo de años y años detrás de un escritorio, salió ese día con un cuchillo a medio afilar, proveniente de su precaria cocina, siguió a un transeúnte cualquiera y lo despellejó en algún sucio callejón. Regresó, lavó vigorosamente el cuchillo y se echó a dormir. Y durmió como hacía mucho no lo hacía, durmió como un bebé.

Ya era lunes. Afeitó los cuatro pelos que le crecían en la barbilla, vistió el traje gris ratón, la corbata amarilla y se sentó, una vez más, detrás del escritorio de siempre. Ese día era un buen día. Se le veía una alegría casi contagiosa, una transparente sonrisa que desarmaba hasta los mas rabiosos ánimos que solicitaban su atención. Incluso, la colérica y cascarrabias mujer que se hacía nombrar como su jefe lo saludó efusivamente a la hora del almuerzo.

–Lo veo feliz y productivo, Panneso.

–Gracias doctora, es que hace un par de días entendí que la vida es para disfrutarla.

17 de junio de 2008

Húmedo amanecer

Su ligero peso era fácilmente soportado por la tensión superficial del traslúcido fluido. Giró su cuerpo un poco a la derecha y la luz del candoroso amanecer brilló trémula en cada faceta de sus enormes ojos. Con mucha precaución movió una de sus patas y la llevó hasta su cabeza, acicalando una de sus antenas. Un incesante resplandor fueron sus alas al remontar el vuelo. Aun cuando su periférica visión tenía la capacidad de discernir por completo su entorno, no fue capaz de reaccionar ante el rojizo relámpago que implacable lo alcanzó. Su insectitud fue borrada de tajo por la larga lengua del sapo.

23 de agosto de 2008

El hombre más importante

En el tercer intento logró hallar algo que por fin lo motivó un poco. Retiró la tapa del barril; un penetrante olor acre que casi se podía ver emergió con su sutil danza gaseosa. Él sacó la bolsa más grande y con su mano izquierda rasgó descuidadamente uno de sus lados. Escarbó en su interior y finalmente sintió algo que aun mantenía una textura aceptablemente sólida. Con su botín en las manos se sentó bajo la intermitencia de una luz de neón, roja y azul, de un restaurante de mala muerte y dio un primer mordisco. Se quedó mirando el trozo de pizza desechado y pensó para sí: soy el hombre más importante bajo la luz de este farol.

4 de septiembre de 2008

Sacrificio

Mientras miraba el negro-azulado horizonte, me percaté de la inminente de la tormenta. Atado a pies y manos se encontraba mi mejor amigo; la cabeza inclinada hacia un lado y el largo cabello tapándole medio rostro, lo hacía parecer en un estado de absoluta apacibilidad. Si las cobrizas manchas de sangre no irrumpiesen la monotonía de su blanca camisa, se podría asegurar que dormitaba de pie. A su lado, pero en mejores condiciones, estaba yo.

Una gorda gota impactó contra mi cara. Instintivamente mi lengua salió de la boca en busca del alivio del preciado líquido. Sentí como la presión descendía; un hálito de penumbra ahogó por completo el ambiente. Lo inevitable inundó finalmente el lugar. El frío empezó a calarse en mis huesos. Impotentes lágrimas se mezclaban con la lluvia espectral que me abatía.

La noche llegó pero la tormenta no amainó. Decidido a morir de inmediato, me despedí con una oración involuntaria de mi esposa. Cerré los ojos y aguardé a que el frío detuviese, de una vez por todas, mi corazón. Pocos minutos bastaron para comprender que la vida aun me necesitaba. El tronco al que me hallaba atado cedió en su base y caí al lodo tibio y acogedor. Me arrastré con las pocas fuerzas que me restaban y me abracé a las nudosas raíces de un descomunal árbol que daba cobijo a una gran zona de la selva.

Unas rayitas amarillas iluminaron mi pálido semblante y me dieron la bienvenida a un increíble nuevo amanecer. Con un involuntario movimiento desvelé de inmediato la gravedad de mi condición; my probablemente tenía varias costillas rotas y muy serias contusiones en todo el cuerpo. Recordé a mi amigo, pero la creciente pareció haberle dado una sepultura natural.

Descansé por varias horas más, hasta que un lejano y profundo sonido me recordó el peligro que aun corría. Me puse en pie con bastante dificultad y avancé con cautela hacia una distante colina sobresaliente de todo lo demás. Muy adelantada la tarde logré la cima. Era un lugar desprovisto de la vegetación densa y enorme del resto del valle. Allí, como puesta a propósito, una enorme roca se destacaba. La rodeé para intentar distinguir algo que me indicase mi paradero, pero sólo logré descubrir que su superficie era absolutamente lisa y prehistóricamente antigua. Trepé en ella y, para mi alegría, en el centro de la misma, en una hendidura semiesférica, se hallaban varios frutos dispuestos a modo de ofrenda, decorados profusamente con pétalos y enormes hojas. Ofrenda o no, no me detuve a meditar sobre la ira de unos improbables dioses al profanar el banquete que algunas temerosas manos habrían dejado para su imposible deleite. Sentí como las fuerzas volvían a mi cuerpo, un calor agradable inundó mi interior, mientras que afuera el sol me brindaba su último esfuerzo.

Una apacible modorra llegó con la noche y me quedé tumbado sobre la lisa roca. Mis párpados cayeron cómo pesados telones y el sueño apagó todos mis sentidos. No supe cuántas horas -o días- pasaron hasta que un rumor rítmico me devolvió lentamente la conciencia. Al abrir los ojos, el cielo se veía igual de negro como lo dejé entes de caer dormido, pero unos brillos rojizos, provenientes de los extremos de la roca me alertaron de otra presencia. A la luz danzante de las antorchas, las figuras de los hombres que me rodeaban daban la impresión de trémulos y gelatinosos demonios. Al intentar moverme me percaté de que, una vez más, era su prisionero. Atado firmemente a la piedra de todas mis extremidades, apenas podía mover mi cabeza de un lado a otro.

De repente, un sepulcral silencio se propagó por el lugar. Al poco tiempo, una retahíla incomprensible, proveniente de un único orador se acercó a la piedra desde arriba de mi cabeza. Su sonido, más que palabras, parecían letras unidas al azar, hizo eco entre los invisible y, al parecer, cientos de espectadores. Incesantemente repetían la sarta de balbuceos y gorgoteos pronunciados por el oficiantes del primitivo ritual.

Finalmente lo vi, con su rostro pintado de modo grotesco y azaroso, apenas sus ojos evocaban un lejano escollo de humanidad. Me miró fijo y vi en él la infinita locura que puede abrigar el hombre. De su cinto desenvainó un enorme cuchillo que brilló rojizo al resplandor del fuego. Un coro enorme pronunció la última palabra que escuché vivo: rrdrr-gooooo, rrdrr-gooooo, repetían todas esas bestias orates. El salvaje sacerdote se me acercó más y vi que llevaba la blanca camisa de mi amigo. Finalmente lo entendí, Rodrigo, mi amigo.

28 de octubre de 2008

Nacimiento

La conjunción cósmica se dio en el instante preciso para crear el conocimiento. Las aguas de acuario se derramaron por el torrente de las emanaciones universales, haciendo emerger una vida de entre los remotos soles espirituales. La encarnación mística, unida por el lazo anímico, trascendió lo imposible, permitiendo que un ser único se formara en este denso plano de la existencia.

¡Puja! ¡Puja! ¡Puja! Agarraba su mano, impotente y expectante. ¡Puja! Y Sofía nació.

1 de abril de 2009

Inexperto #3

Las estrellas.

Aquellos puntitos blancos, inmutables sobre ese inmenso manto negro de la noche.

Las estrellas.

Siempre me inspiraron una sensación de microscopiedad en mi ser. Pero hoy, con toda esta calma y quietud, esa reducción material es total. Me imagino esos furiosos y remotos soles ardiendo más allá de lo humano posible, lanzando sus incandescentes resplandores cientos, miles o tal vez millones de años atrás de este preciso instante cósmico.

El calor de la tierra calienta mi espalda, mientras mi rostro se hiela con la brisa nocturna. Lanzo una risa al infinito, y este me responde con el recuerdo del puñal que se hunde en mi pecho.

Aquí, en medio de la nada, muero lentamente en una noche sin luna por una certera estocada de un cuchillo de carnicería, feliz al ver al majestuoso Orión rendirme un último grito de cazador.

11 de abril de 2009

Camino

De alguna manera logré llegar a mi destino, indemne y agotado. A lo lejos veo mi origen, ese punto brillante, distante de mis pies, remoto de mis futuros e inmediatos pensamientos. Y tú me contemplas, con tus ojos verdes y mirada lejana. Allí en el pantano, brillando bajo la luz de la luna, me sonríes y croas de nuevo.

9 de mayo de 2009

El Tetraedromo

El Tetraedromo se erigía como el centro del mundo. Al igual que todos los de su raza, al llegar al décimo ciclo de su vida, abandonaría la morada materna para explorar los confines del planeta rojo. Su camino, tan improbable como el vaivén de una hoja en medio de un huracán, finalmente terminó frente a la monolítica construcción. Con otros diez ciclos encima, no dejó de sorprenderlo la locura del hombre -¿o de los dioses?- al erigir tan inconmensurable y extravagante edificación. La calma alrededor de El Tetraedromo precedía un torrente de sensaciones que yacían en su interior. Él se aventuró a dar el paso que lo llevaría al final de su viaje. Una magnífica ciudad se abrió ante sus ojos. De inmediato, todo el resto de su existencia no fue más que un débil soplido que rozó su mejilla. Llevado por este mundo de ensueño, circuló por tantos posibles estados del ánimo como le fue posible. Fue rey y mago, amante y paria. Fue juez y verdugo, salvador de almas e ingeniero ambiental. Hizo con la exactitud de un ebrio caminos y leyes. Pintó murales y letrinas. Sacrificó corderos y crió serpientes. Refutó a sus dioses y amó a sus enemigos. Vio la muerte y desestimó la vida. Deseó con fervor el cambio y lo detestó a su llegada.

Se vio a sí mismo como explorador de lo inconmensurable, caminante de los recovecos de la existencia, navegante de los mares del conocimiento, vigía de un universo infinito.

Y así fue como, finalmente, le fue otorgado el título de la madurez. Sus cenizas sirvieron de sustento para otro pilar de El Tetraedromo, aquella gris e incesante construcción, mantenida por los vivos, erigida por sus muertos.

26 de junio de 2009

La Torre

La alta estructura brillaba con luz propia en medio de la casi desértica zona. A penas unas pocas cosas rodeaban el lugar, el resto era tan llano y monótono como una noche sin estrellas. Un cuadrito se apagó en medio de una de las cinco caras de la monolítica construcción. Lo prosiguieron tímidamente otros más. Luego de unos minutos, el candor del edificio se desvaneció como si la noche se lo tragara a mordiscos. A las siete en punto, tan sólo una aureola brillaba en la última planta, dando la impresión de estar flotando más allá de las nubes. El vasto valle murió sumido en una absoluta oscuridad. La prisión de la torre cerro sus puertas.

El aturdidor aullido de la sirena me levantó de inmediato. Desconcertado, caí a trompicones sin entender qué era lo que estaba sucediendo. Restregué mis ojos y vi la reja de pesados barrotes de acero que me separaba del corredor principal, Un destello azuloso me desorientó de nuevo. Saliendo de las blancas paredes, una luz fría y cegadora inundó el cubículo en donde me hallaba encerrado. Con un empujón irrefrenable, un ser verdoso y desagradable me lanzó a un lado. No tuve oportunidad de reprochar. Me dirigió una mortal mirada y abrió sus mandíbulas de un modo descomunal, dejándome ver claramente una miríada de afilados dientes qué brillaban ferozmente bajo la luz artificial. Me quedé pasmado en el mismo lugar donde la criatura me había lanzado. Él se acercó a la reja, murmuró algo extraño y los barrotes desaparecieron en el aire sin emitir sonido alguno. Tímidamente me acerqué a la salida y presencié un grotesco desfile de todo tipo de seres absolutamente desconocidos para mí. Todos iban juiciosamente al final del amplio corredor, aguardando un cupo sobre una plataforma que los enviaba al fondo del lugar.

Caminé pegado a la pared, intentando pasar desapercibido. Lo creí verdaderamente posible en medio de tan variopinta compañía. Subí casi de último en la plataforma, arrinconándome tanto como me fue posible a la esquina más próxima. El elevador descendió muchos niveles con absoluta facilidad. Se detuvo suavemente en lo que parecía ser un enorme salón.

Todas las criaturas hacían varias filas, separándose en lo que podrían ser especies similares. No supe cuál seguir. Finalmente me incliné por la de los seres con figura cercanamente antropomorfa. Al menos que no tuviesen más de cuatro o cinco extremidades, incluyendo la cola.

Detrás de mí se hizo un ser con cara de pulpo, un solitario y enorme ojo en una cabeza monumentalmente purpúrea. De lo que parecía su boca se desprendían una serie de apéndices que se movían desordenadamente. El bicho me hizo una seña con lo que creí era su brazo para que avanzara hacia el destino final, una entrada en el muro que emitía una luz rojiza.

En la entrada del lugar, cada uno tomó un tazón de regular tamaño, fabricado de un material muy liviano pero notoriamente resistente. Tomé el mío y seguí con la mirada los movimientos de los demás. De una cavidad en el muro salía una sustancia viscosa y pálida, cada cual tomaba la porción que más le pareciera conveniente y se dirigía hacia otra abertura al final del túnel. Serví mi ración sin imaginarme su ignoto sabor.

Al salir del pasadizo, vi a todos los seres reunidos ordenadamente en filas y columnas sobre unas marcas circulares pintadas en el suelo. Terminé en una de las últimas hileras de la enorme matriz. Podríamos ser casi un millar. La luz del inmenso recinto parpadeó un par de veces y en la elevada pared frontal se proyectaron unas primitivas figuras geométricas, indicando una especie de conteo regresivo. Todos a mi alrededor tragaron el preparado viscoso, su sabor giraba entre el pollo y un queso fresco. Sin ningún otro reparo acabé mi merienda.

Al acabar la secuencia, tal vez unos veinte minutos después y, del lugar donde se encontraba el contador, una placa se proyecto hacia el frente y una figura emergió para posarse sobre ella. Todos callaron.

–Buen día, una nueva jornada inicia en La Torre– dijo desenfadadamente el sujeto. –Espero que todos hayan descansado apropiadamente. El día de hoy le damos la bienvenida a trece nuevos compañeros, a quienes invitamos a quedarse una vez el resto del grupo haya desocupado el comedor.

Las luces volvieron a parpadear y todos los seres abandonaron el lugar por otra abertura, más grande, justo debajo del personaje. Yo me quedé en mi sitio, expectante y sorprendido de que todas esas criaturas tan disímiles entendiesen al humano. Miré a mi alrededor y vi a lo lejos a los demás novatos. Ninguno otro parecía un hombre. El director, supuse que lo era, nos hizo señas para acercarnos. Una vez estuvimos en la primera línea, unos junto a los otros, él aclaró su garganta y nos recibió con un edificante discurso –Regla número uno: no pueden haber peleas bajo ninguna circunstancia. Dos: no pensar en escapar, no vale la pena. Tres: nunca rechazar un llamado de la dirección. Y cuatro: no entablar amistad con nadie, igual no vais a poder.– tomó un hondo respiro, seguido por una maliciosa sonrisa –Espero que cumplan su condena sin mayores sobresaltos.

Se quedó mirándonos unos instantes más y se hundió junto con el soporte en la blanca pared.

Pasaron muchos días de continua repetición, el tedio era aun más sofocante que la pulcritud del lugar. Ni siquiera necesité un baño desde mi llegada. En este sitio nada cambiaba, todos los días el ciclo se repetía casi de la misma manera, con las contadas excepciones en las que el director hacía presencia para recibir nuevos reclusos.

Un día como cualquier otro, algo que hasta el momento no había visto, brilló en mi muñeca, era una especie de brazalete casi fundido en mi piel. Unos puntos brillantes en el suelo indicaban un sendero entre mi celda y un punto fijo en la pared. Me dirigí pensando en el llamado inevitable del director. Luego de tomar un pequeño elevador, llegué a lo que intuía era una de las últimas plantas de la torre.

Un pasillo se extendió a mis pies, largo y blanco total, hasta otra entrada, la entrada a la sala del director. Con cierta aprensión ingresé al recinto. El hombre me esperaba de pie en un salón provisto sólo de dos bloques firmes sobre los cuales nos sentamos.

–Bienvenido. Confío en que ha pasado unos tranquilos días de reflexión. Yo de usted los aprovecharía al máximo–. Intenté refutar algo, pero las palabras no surgía con la espontaneidad habitual. –Sé que es usted un hombre de intelecto y el hecho de tanta pasividad lo debe tener inquieto. En verdad lo siento mucho y, espero me perdone, pero me produce cierto pesar su condición actual.– Creí que eso me enfurecería, pero simplemente seguí sentado. –Quiero que confíe en mí, como yo lo haré con usted. Mi misión es muy importante y, por ello, su presencia me honra en esta ocasión. Mire, nade de los aquí confinados ha vuelto a su vida antes de La Torre, tan sólo imagínese ser el primero.– Se hizo una incómoda pausa en la cual tan sólo atiné a mirarle los zapatos. –Hace más de ocho años soy el representante de la ley y el estado en este edificio y, cómo tal, me he mantenido firme a las instituciones. Usted también se ha mantenido firme a sus propios principios y es, por esta razón, que me interesa su amistad. Pero como podrá adivinar, no es precisamente una relación desinteresada. Yo puedo ofrecerle la libertad.

–¡Y yo la gloria eterna!

–No me decepciona.

Hizo un ademán de ponerse de pie. Yo continué el movimiento y me dirigí a mi celda.

* * *

Luego de un largo periodo, un año o mas, volví a ser convocado. Pero en esta ocasión, la anteriormente vacía habitación se encontraba repleta de cajas de embalaje que desprendían el renovador olor del pino fresco. Al ver el contenido de una de ellas comprendí que el momento de cumplir mi parte del trato había llegado. Tres semanas me tomó armar por completo el laboratorio. Prácticamente no dormí. Otras dos semanas de síntesis de los elementos básicos. Ya estaba preparado.

El director en persona me despertó de un sueño borroso con unos golpecitos en mi hombro –¿Todo listo?– inquirió sabiendo de antemano la respuesta. Lo miré con desgano, intentando ocultar mis sentimientos hacia ese sucio hombre. Con una sonrisa muy fingida le indiqué que se despojara de toda su indumentaria. Tendido en la mesa de cirugía, el poderoso personaje se veía tan frágil y débil como cualquier otro. Le expliqué en detalle el procedimiento y tomé su consentimiento para continuar. El riesgo era muy alto, aun en las mejores condiciones existía la posibilidad de que alguna complicación irreversible sucediera y un treinta por ciento de muerte súbita. Él ya lo sabía. Firmó una hoja con mi liberación y cerró sus ojos. Catorce horas después, un fino hilo blanco salió de su fosa nasal izquierda. Su cuerpo se endureció, todos sus músculos se tensaron con una fuerza increíble, intentando evitar que su vida saliese por su nariz. El hilo se convirtió en un grueso gusano que reptaba por el aire, todo iba bien. Con un último impulso, su espíritu abandonó su albergue material y brilló con esplendor.

* * *

–Doctor, por favor despierte.

Miré a mi alrededor. Con una frustración indescriptible maldije en silencio, viendo el resultado de mis acciones. Los rostros de todos a mi alrededor lucían una mueca de sorpresa y asco insoportables. Quise cubrir mi cara con las palmas de mis manos, pero se hallaban atadas a los brazos de la ornada silla de madera. Tuve que soportar en silencio las miradas enfurecidas de la concurrida audiencia.

–Desearía comprender al menos por unos segundos el objeto de su actuar, Doctor. Al menos por un instante.– la mirada del sujeto de al lado intentaba fútilmente ser compasiva –Pero no se me ha otorgado tal capacidad y, siendo investido por el poder que el pueble me ha otorgado, es mi deber decidir su suerte– en ese instante y, conociendo el desenlace del momento, simplemente me relajé por completo –Este alto tribunal, en función de la justicia humana, lo declara, luego de su confesión por medios hipnóticos coercitivos, culpable del delito de practicar a terceros la deidificación humana por medios mecánicos. Por tal motivo se le sentencia a cadena perpetua en la prisión de máximo aislamiento del planeta. –Un escalofrío recorrió mi espalda, pero me mantuve firme en mi posición desobligante. –Será conducido de inmediato a su último destino.

Un rugido sordo de alegría desbordó la sala. Los impulsos salvajes de linchamiento fueron inmediatamente reprimidos por los dispositivos de autocontrol de la audiencia. Fui conducido por un pasillo lateral hacia el transporte penal.

–La Torre, dicen que es un lugar espeluznante de cual nunca nadie regresa cuerdo– dijo el guardia a su silencioso compañero –Pero lo peor es que nunca vuelves a escuchar una voz humana ni ver el rostro de nadie más. Nunca.

14 de julio de 2009

Paradigma

En tanto ella observaba detenidamente el estanque bajo la débil luz de las estrellas, Paradigma arrastraba perezosamente sus garras contra las cortezas de los árboles. La Calva se levantó de la orilla y miró a su salvador con un sincero afecto. Admiraba sus potentes músculos, sus profundos y negros ojos, las amorfas manchas de su lomo, el vaho blanco de su aliento.

Aquel ser de fuerza imposible y profano aspecto caminó indiferente por el vado, hundiendo sus múltiples zarpas entre la hojarasca; redundante rebullía por entre los matorrales arrogantes, emitiendo parábolas de irregular factura.

Ella anhelaba con fuerza ser su amante y pasar su cuerpo entre sus brazos. Una sonrisa se dibujó en su rostro y la bestia peluda se detuvo atenta ante la seña. Durante un tiempo, que pareció eterno, ambos se miraron a los ojos detenida e intensamente, deseándose el uno al otro. La dama cerró sus ojos y el monstruo abrió sus fauces, lanzado un sentido rugido. Ella rió con insana alegría mientras Paradigma la devoraba con saña.

8 de agosto de 2009

El hombre atemporal

Jorge Cifuentes era un hombre normal. Su cabello peinado de medio lado, ni corto ni largo, realzaba su carácter de hombre del común. Vestía siempre un traje de color indefinido, habitaba en un cuarto común y corriente, y siempre recibía de cumpleaños, indefectiblemente, una corbata gris. Jorge Cifuentes era sólo un hombre mas. Llegaba a las sietes a su trabajo, movía papeles, cajas o personas de un lado para otro, cumplía sus obligaciones hasta las seis de la tarde para verse, finalmente, durmiendo en su cama a las nueve. Él era un tipo tan normal que era casi indescriptible, porque prácticamente pasaba desapercibido. Todo en el era normal, pero sus anhelos...

Jorge Cifuentes no tenía amigos, pero todo el mundo lo distinguía. –Sí– dice el señor de la esquina detrás de su cajita de dulces y cigarros–, todos los días pasa por aquí, me saluda, se compra un Chocorramo y se va a esperar la buseta ahí en frente.

Algunas arrugas delinean su rostro cuarentón de un modo absolutamente normal. Mientras ve las noticias del medio día se toma una sopa del mismo color de su traje, continuando con su absoluta e impasible normalidad. No es alguien que atraiga muchas miradas, menos aun con una cuchara llena de un líquido espeso y grisáceo a punto de entrar en su boca, pero yo cometí la imprudencia de ver más allá de la cuchara. Sus ojos no reflejaban esa normalidad que pretendía exhibir. Jorge Cifuentes no tenía muchos anhelos, sólo tenía uno.

Esos ojos podrían abrigar muchas cosas: agobio, cansancio, ira, desesperación, aburrimiento, desidia, insania o pereza pero, lo que vi, fueron siglos de profunda soledad. Torpemente me moví, haciendo caer el jugo sobre mi pantalón. Al volver la mirada hacia su mesa, me encontré con un plato a medio empezar y una cuchara goteando sobre el mantel.

El único anhelo de Jorge Cifuentes era poder morir, sólo eso, ni siquiera morir en paz, o dignamente, simplemente morir.

Pero él no siempre fue normal. Desde su nacimiento estuvo rodeado de eventos tan extraordinarios e inverosímiles como absurdos y aberrantes. Nació en una pequeña aldea en la época del oscurantismo. Su madre y su padre murieron esa misma noche a causa de una desconocida plaga. Lo que sería una muerte segura para una indefensa criatura recién nacida, fue una penosa tortura de varios meses de hambre y abandono, hasta que fue encontrado por una loca vieja que oficiaba de bruja. En medio de viejos trastos y restos de comida desechada, vivió hasta la muerte de su madre adoptiva. Luego fue ayudante de obra, barquero, peón, campesino y muchas otras faenas por cerca de cuatro siglos, siempre luciendo el mismo rostro, las mismas arrugas y el mismo pelo, una apariencia de lo más normal.

El mundo creció y fue un mejor escondite para alguien de su condición. Fue zapatero, operador de una planta, chofer, albañil, carnicero, mecánico, jardinero, pero lo que mejor le quedó fue ser empleado de oficina. Allí se podía camuflar con inigualable facilidad, prácticamente no tenía que fingir nada, nadie lo tenía en cuenta. Por ello recibía siempre de cumpleaños una corbata de color gris genérico. Pero ya no soportaba su existencia, no por las corbatas, sino porque ya lo había visto todo, hasta que me vio a mí.

Al salir del restaurante, abochornado y con medio pantalón aun mojado, no me percaté de su presencia. Caminé otro par de cuadras más, intentando y esperando infructuosamente que la enorme mancha se evaporara. Llegué a un lugar solitario cuando una mano me detuvo asiéndome de mi hombro. Sorprendido, me di la vuelta y me encontré con el rostro normal y corriente de Jorge Cifuentes.

–La vieja bruja tenía razón, pero al principio no le entendí y luego no quise creerle.– dijo en un tono de lo más normal –Llegaría el día en que otro más cargara el peso de la inmortalidad, me miraría a los ojos y descubriría la desgracia de mi situación.– agarrando mi cabeza entre sus manos, dibujo una sonrisa tan normal como inhumana –Gracias estimado desconocido– me soltó y siguió su camino para nunca volver.

* * *

Soy un hombre de lo más normal, siempre uso un traje de un color indefinido y me peino de lado. Voy todos los días a cumplir mis obligaciones en ese puesto de dos por dos. Me llamo Jorge Cifuentes y soy inmortal, pero estoy por creer que todos los demás que me rodean también se llaman Jorge Cifuentes.

26 de abril de 2010

La búsqueda

Desde lo lejos te vi y todas las dudas desaparecieron de inmediato. La búsqueda llegó a su fin.

Aunque en aquella época mi existencia no estaba regida por el mismo concepto del tiempo que tu tienes, fue mucho el tiempo que anduve añorando tu presencia. Y, aunque tenía la certeza de que te encontraría, la espera se me hizo eterna. En aquella infinidad, donde todo es cierto y la conciencia universal, quería ser alguien diferente y descubrir las imperfecciones del amor. Por eso te buscaba y sabía que, en tú inconsciente, tú también esperabas nuestro encuentro.

Varias veces lo intentaste, pero algo te detuvo en el último momento. Tú y yo sabemos que así debió haber sido. Yo también tenía dudas, no sabía como presentarme ante ti. Confiaba en que me aceptases como llegara, pero quería causar mi mejor impresión. Es que en ocasiones nos dejamos llevar por las apariencias. Pero me entregué a mi intento y actué con decisión. Un día llegué ante ti y tu rostro, pleno de alegría, me indicó que mis esfuerzos fueron los indicados.

Recuerdo ese día. Tú ya lo sospechabas, pero te morías de las ganas de verificarlo, así que me miraste a los ojos en ese pequeño lugar en donde nos encontrábamos a solas y, en silencio, hiciste la pregunta. Y yo te dije "¡Si!". Y saliste de allí radiante y con ganas de gritarlo al mundo, pero las cosas no eran tan sencillas ni las circunstancias las indicadas.

Finalmente nos encontramos. No te imaginas lo feliz que me hace el sentir todo ese amor que nos tenemos y lo orgullosa que estoy de ser tu hija, mamá.

8 de mayo de 2010

Amarillo sobre naranja

Para Flor, a quién hace muchos años escogí como mamá.

Soy un resplandor.

Como un fuego ártico, destellos de mi cuerpo se desprenden, chisporroteando en los oídos de mis más cercanos espectadores.

Soy una esquirla de luz, que fogosa se extingue, humeante y vaporosa, devorando con furia el aire en derredor.

Plasma candente, ánima purificadora, camino seguro, amarillo sobre naranja, exponente sin igual del cambio. Sólo soy un instante, luego sólo soy.

Soy temor y amigo, temblor incandescente, perenne transformador de las sombras y la materia, derrocador de reinos, compañero nocturno y permanente del poeta.

Brillo. Y el feroz felino rayado huye ante mi presencia. Pero hoy estoy aquí, danzando en la punta discreta untada de cebo, transmutando como lo hace tu andar y lo celebro en la intimidad de tu corazón, donde arderé por esa pasión por la vida que te acompaña.

Soy el resplandor.
Soy la llama en la velita.
Soy el fuego de tu existencia.

27 de mayo de 2011

Superhombre 1

La felicidad lo envolvió al percatarse de su capacidad para poder escuchar el ruido de las hojas al caer. Se recluyó en un bosque con el único fin de quedarse sordo.

4 de diciembre de 2013

El arte de caminar entre las paredes

Recostado contra la barra de lo que antiguamente era un bar y que ahora cumplía la poco decorosa misión de precario almacén, así mientras observaba un cabo de escoba descabezado y mal pintado, así como percibía el mohoso olor de un antiguo radiador que sólo podría desear terminar en una fundición, así, y de ningún otro modo, comprendió la triste realidad de su increíble existencia.

Dueño de una capacidad sin igual para evadir cualquier confrontación no pudo evitar, por fin, enfrentarse a sí mismo. Un cable telefónico arrollado sobre sí mismo un número infinito de veces sólo le recordó lo inútil que sería escabullirse de sus propios pensamientos. Se vio en el fracaso y el triunfo, pero esos momentos eran una borrosa sombra de su verdadera vida, una vida que continuamente se desmoronaba con los vaivenes del viento, del destino.

En ese sublime momento de reflexión, el agudo chillido de la voz de su compañero de puesto lo arrancó hacia la realidad, como quien quita una costra antes de tiempo, y lo hizo dar un ahogado grito que se disipó bajo los acordes marciales del timbre de cambio de turno. Dejó caer sus brazos como marionetas muertas y empleó lo poco que le restaba de voluntad en ponerse de pie frente a su improvisado banco de trabajo para la inspección vespertina.

Como en sueños escuchó un reclamo desdeñoso sobre la disminución de los indicadores de ecuaciones resueltas del mes en curso, palabras que sonaban como el muerto tronco de cualquier árbol en aquel mundo triste y decadente.

15 de agosto de 2014

Sin límite

No todo lo que quise se ha cumplido
No todo lo que quiero se dará
Y eso me emociona
Todo pudo ser diferente
Y me alegra que sea como es
Porque esas pequeñas y grandes decisiones
Han formado algo más allá
De mis propios límites.

El estar a tu lado me ha transformado
Y lo seguirá haciendo
Pues tu fuerza me acompaña.

27 de octubre de 2015

Contemplación

Durante la última batalla, Nero quiso conocer la verdadera intención del ser. Siendo un guerrero consumado, aun no encontraba la verdadera y última técnica. En el lugar de los hechos vio como el rojo atardecer se mezclaba con la sangre de los miles de cuerpos desparramados por el campo. Era una escena habitual para él, pero hoy sus sentimientos lo abandonaban por completo. En algún lugar debería estar el secreto absoluto de la guerra. Ni los escritores afamados estaban a la altura de las verdades de la batalla, sólo la continua contemplación de los cadáveres, las lanzas, y las espadas, las máquinas de asedio, los poderosos caballos, las velas rasgadas y los cañones de proa y popa, el grito de guerra, la mirada adusta y firme del soldado, sólo eso podría albergar la última intención, la verdadera esencia del combatiente. Y seguía en su meditación, viendo cómo el sur y el norte perdían sentido ante el inmenso rojo que todo lo albergaba.

15 de marzo de 2016

Demolición

¿Hace cuánto que no la veo? Con todo lo que ha sucedido, con todo aquello que hemos experimentado/sufrido, con todos esos sentimientos que han florecido/marchitado, sólo puedo sentarme y mirar hacia atrás y preguntarme como rayos llegamos a esto. Casi como si estuviera contemplando una implosión de un edificio en cámara lenta, muy lenta, donde todo parece normal al principio, que se mantiene erguido e imbatible, que el tiempo ha fortalecido aun más el hormigón que lo sostiene. Pero, de repente, todo cambia y sólo se ve el lugar envuelto en una inmensa nube de polvo y, al momento, un vacío total, por los suelos pedruscos y escombros. Hasta el ruido se extingue, las partículas diminutas se las lleva el viento y queda un nuevo espacio para que alguien más venga a erigir algo, una casita o un rascacielos o, al menos, que venga y monte un campamento por uno o dos días. Y de lo que existía antes mi única tarea es recoger los pedazos, limpiar lo mejor que pueda el sitio y ponerme a llorar. No dudo que aun estén enterrados esos sólidos pilotes, no me quiero desprender de ellos, no. Los quiero atesorar pero sé que algo nuevo y permanente no se puede construir sin que saque y me deshaga de esas bases tan profundas y resistentes que yo me inventé. Pero fui yo quien puso la carga explosiva, quien se encargó de cablear todo el lugar y dejar el gatillo listo para que ella sólo tuviese que oprimir el interruptor. ¡Kaboom!

15 de septiembre de 2016

Todo pasa

Todo pasa, me decía ella con una sonrisa en su cara y una expresión que no supe adivinar, mientras yo me retorcía de dolor y mis ojos se nublaban de lágrimas. Todo pasa.

3 de noviembre de 2016

Oratoria

Tuvo que levantarse de su silla y salir a buscar una taza de café. Mientras miraba ensimismado los hexágonos rojos del tapete del salón alguien se le acercó y lo saludó con excesivo interés y formalidad. Eso lo sorprendió sobremanera, pues su actitud permanente siempre ha sido no ser nada para nadie. Ella le sonrió con sinceridad, él balbuceó algún saludo ininteligible con su mejor cara de idiota. Apenado sin explicación alguna rehuyó o, mejor, se escabulló por uno de los corredores del lugar para respirar sobre su frustración. Nunca se ha sentido con dominio de su propia vida, difícilmente podría afirmar que sus acciones han sido motivadas por su propia voluntad. Mecánicamente caminó por pasillos y salones para huirle al compromiso, a enfrentarse al contacto con los demás. Pero su monótono andar lo llevó a encontrarse con la joven que anteriormente se le había acercado. Finalmente la vida lo llevó, obligado nuevamente, a algo que no quería. Se sintió a morir, no tenía escapatoria. Ella de nuevo le sonrió y él intentó hacer lo mismo. Se dio cuenta en ese instante que su vida nunca tuvo propósito. Ella le comentó algo importante, a lo cual él respondió puntual y precisamente; con ello recibió una nueva y mas profunda sonrisa. Pero su mente estaba en su propia conversación, alejándolo de toda posibilidad de ver el sentido de sus acciones. Y esto, calcado momento a momento, ha sido su comportamiento permanente.

Regresó al salón, escuchó un llamado y tomó de nuevo su lugar. Alguien le dio algún tipo de indicación y él prosiguió su discurso, imparable, contundente, motivador y revolucionario.

Aplaudido casi hasta la euforia, terminó su intervención. A partir de ese momento, sus palabras se volvieron un referente para la humanidad, destruyendo tantos arcaicos preceptos y planteando nuevos rumbos para el planeta. Él, que nunca llegó a explicarse el motivo de su existencia, fue la inspiración eterna de toda la humanidad.

26 de octubre de 2016

Elección

No elegí quien eres ni como ves la vida
No elegí tus creencias ni deseos
ni tu familia
ni como caminas
No elegí las palabras que usas cuando estás feliz
ni tus miradas de ternura con quienes amas
No elegí la forma como me besas
pero te elegí a ti
Porque eres la elegida.

23 de noviembre de 2016

Un puente nos separa

Vamos subiendo, tomados de la mano, hablando de nosotros o de algún otro tema de irrelevancia nacional, mientras nos acercamos al punto más alto, aquel lugar que siempre me evoca un cuento que nunca entendí sobre senderos y bifurcaciones. Mi corazón late con fuerza, tanto por el esfuerzo físico como por el sentimental, el rutinario y siempre descorazonador apogeo en que me das un beso, bajando tu cabeza y sonriendo silenciosamente, ese momento en que a mi derecha te veo partir apresurado y a mi izquierda están mis próximas ocho horas de un agobiante y monótono día de trabajo. Llegamos de nuevo a ese punto que nos separa, que no nos da espera a una despedida mas larga y cariñosa, pues la premura de los demás transeúntes nos acosa silenciosamente. Dame mi beso y vete.

30 de noviembre de 2016

Radio

Miento si no digo que me quise quedar hasta que la canción terminara. El único indicador de vida, además de Los Prisioneros aullando su música, era el intermitente indicador lumínico rojizo que contrastaba con la negrura del edificio abandonado. Nada se movía al interior, y eso lo hacía más ridículo; la mediocre melodía a todo volumen, la soledad del lugar y de aquellas líricas, la impotencia de ese objeto inanimado intentando ser algo para alguien. Me sigue invitando, lo hace con toda su energía y posible alegría para un aparato de su clase. Grita inclemente y rítmicamente. Pero no, no lo voy a hacer, tengo otro compromiso, no me uniré a ese baile, a aquel baile de los que sobran.

11 de enero de 2017

Superhombre 2

Y se desbordó de nuevo. Su humanidad abarcó todo el lugar, fluyendo por cada rincón y resquicio de la humilde habitación. Sin control. Inclemente. Imbatible, ahogó a toda su familia con su propio cuerpo convertido, repentinamente, en líquida forma.

25 de enero de 2017

Propósito

No, y no quiero distracciones
Quiero ser tan consciente de mi vida cómo lo pueda ser
Quiero vivir mi vida,
no simplemente pasarla
Sentir con tanta pasión que salgan chispas de mis ojos
Quiero que mi vida valga la pena
Quiero dejar de conformarme con lo que me llega
Quiero ser inspiración para otros
No, no me he distraído,
no quiero que mi vida la siga viviendo otro que no sea yo.

6 de febrero de 2017

Montaña

Sin intención , sin esfuerzo, sin cordura. Aquí estoy, frente a esta montaña, inmóvil, implacable, hermosa. La miro una vez más y me da su mano, fría a esta hora de la mañana. Le sonrío y ella me mira con alegría y admiración. Casi siento la tentación de decirle que no merezco esto último. Damos un primer paso, las ramitas crujen bajo nuestros pies, nos adentramos en el bosque, la niebla envuelve nuestros cuerpos, el débil sol tímidamente nos sonríe, nos perdemos en la espesura. Nunca más nos volverán a ver.

8 de febrero de 2017

Que nunca termine

Su mirada sólo podía decir: Estoy feliz, espero que esto nunca termine.

Ella se veía perfecta en aquel banco del parque, con su cabello negro azabache brillando glorioso con la luz rojiza que le alcanzaba a llegar por entre los intersticios de la enramada. Nada parecía distraerla, conmoverla; miraba atenta un perrito blanco que correteaba tras una pelota roja, dando brinquitos de alegría cuando regresaba con su amo para entregarle a sus pies el juguete.

Ella tenía una libreta en sus manos y una pluma que dudaba constantemente el momento de irrumpir el inmaculado lienzo. Ella vestía una botas negras de gamuza, una falda roja y una vaporosa blusa color crema. Se veía hermosa, fantástica, pero eso no me importaba mucho. En realidad me impactaba su falta de expresión y me estremecía hasta los cimientos esa lágrima solitaria que bajaba por su mejilla.

El perrito ya se veía agotado y llevaba con desdén la pelota. Lanzó un ladrido agudo y destemplado y se tumbó a los pies de su amo, quien lo miró con desdén y desaliento. Ella hizo el amago de levantarse, pero se quedó a medio camino mirando hacia el suelo. Dio un profundo suspiro y regresó con pesadumbre a la silla.

Él se acercó con el perrito arrastrando sus patas tras de él. Se sentó al lado de ella, dejando la pelota entre ellos. No se dijeron nada, Siguieron mirando al frente, cómo desconocidos. Pero ella y él compartían un dolor profundo, inquietante, desesperanzador. Sería una pérdida de tiempo explicar los detalles. Lloré como idiota al verlos partir, sus dedos entrelazados, sus pasos lentos y sin rumbo fijo. El maldito perro movía la cola, alegre, ignorante, inocente, como queriendo decir: Estoy feliz, espero que esto nunca termine.

7 de abril de 2017

Juego

Tan sólo una carta más es lo que espero. Veo como devienen, una a una, esas tarjetas malditas, escurriéndose de mis manos, mostrándose ajenas a mis deseos, rompiendo una a una mis ilusiones, burlándose calladamente de mis intenciones. Me quieren ver derrotado, sucio y arrodillado a sus compromisos de muerte y oscuridad. Camino de perdición, pútrida quietud, ilusión de borrosa locura que me corroe y tienta a jugar una nueva partida.

29 de julio de 2017

Superhombre 3

Tan pronto lo ves sientes un impulso irrefrenable de contarle hasta tus más sucios pensamientos. Su impasible rostro es una invitación, una carta abierta a dejarte llevar por las palabras, a desnudar tu alma, a sentirte libre de mostrarte por completo, lo que ves en él es la expresión máxima de lo que podría significar un confidente. Quieres decirlo todo, él apenas deja ver una tímida sonrisa y sigues hablando. ¡No! No sigas. Ni siquiera le digas hola. No podrás parar. Te dejarás llevar, idea por idea, palabra por palabra hasta sentirte vacío, seco, marchito, desolado. Tomará todo de ti hasta agotar tu alma y dejar sólo el cascarón. No lo mires, no podrás evitar ser escuchado. Su inclemente presencia no te dará oportunidad a oponerte, es el confesor absoluto. Ojalá nunca lo veas, obtendrá todo de ti y sólo quedará un borroso recuerdo de tu existencia, una sombra bajo otra sombra.

Ni siquiera soy consciente de la trampa en la que he caído, sigo hablando con una pasión nunca antes experimentada. Un irrefrenable torrente de palabras inunda el recinto. Él es como un recipiente infinito, que todo lo toma, que nada deja escapar. Me voy por ese agujero sin fondo. Sólo puedo decir que estoy frente al escucha definitivo, él es todo oídos.

1 de noviembre de 2017

Leyenda 2

Ella, mujer de mediana edad, dos hijos malcriados, algo borroso y distante a lo que llama marido, un trabajo de mierda, fumadora nerviosa y tacones elegantes. En secreto, en medio de la complicidad de la noche, baja al prado del parque aledaño, abre sus piernas e irradia el líquido dorado creador de vida que sólo ella, Natura, puede dar.

28 de julio de 2018

Huida

"Y usted se fue a hurtadillas de la casa,
sin siquiera darme un beso."

Se fue, sin mediar palabra, sin dejar una nota, sin marcarme con su calor sus labios sobre los míos. Ella salió de la casa, dejando un hueco al otro lado de la cama, un abismo insondable, frio, triste. Partió ligera, dejando tras de ella un sendero de recuerdos impregnados de su olor que todo lo endulza. Se fue para conversar con unos seres que no comprendo, etéreos y elusivos, crípticos, místicos, arcanos de eones que llevan sus mensajes con la discrecionalidad de una ruleta. Ella los quiere escuchar y por eso me deja esta gélida mañana sabanera, embotado por el vino de la noche anterior, aun somnoliento pero consciente de su huída. La espero con anhelo y desespero, para darle un beso corto e irnos a picar cebolla.

31 de agosto de 2019

Helios

Detrás de un velo de grises jirones
el sol moribundo saluda
por última vez
estas tierras que lo añorarán
en la quietud de la noche
que se aproxima.

Quiere él seguir iluminando
otros recodos de este mundo
necesitado de su estela radiante,
sin reparar
en los ínfimos seres
que lo adoran.

¡Brilla, oh!
Bola candente de inusitado poder
¡brilla de nuevo!
Que te estaré esperando.

27 de noviembre de 2019

Una historia antigua

A Jerónimo & Sofía

Un día, justo antes que despuntase el alba, la más joven de la tribu se despertó sobresaltada pensando en su valiente padre, el líder natural de su grupo, el cazador mas experto, osado, temerario y aguerrido. La mayor preocupación de ella sólo se disipaba al ocaso cuando su padre regresaba con su presa, acompañado de los demás hombres del grupo.

Todas las mañanas ella le imploraba que la llevase a sus expediciones a los bosques, llanuras, montañas o ríos a donde ellos se aventuraban a diario. Pero él siempre le daba la misma respuesta: levantaba su mano y la detenía mostrándole su palma abierta. Ella insistía y él se negaba una y otra vez. Resignada regresaba con las demás mujeres a recoger frutos o a tejer cestos. Realmente odiaba los cestos.

Pero esa mañana no se iba a quedar quieta. Dejó que los hombres salieran a cazar y los siguió sigilosamente, siempre sin perderles el rastro. Un par de horas después arribaron a una extensa planicie de altos pastos dorados. Oculta en la copa de un árbol, en el límite de la llanura, podía observar con detalle las acciones de los cazadores. Ellos, expertos en su labor, caminaban en total silencio, moviéndose al compás del viento evitando que sus presas los detectaran. Lentamente rodearon a un grupo de venados que pastaban tranquilamente. El líder, su padre, hizo una señal con su mano, que pasó de cazador en cazador; un sólo zumbido fueron las flechas que volaron y derribaron varias presas. Ella contuvo un grito de emoción. Bajó rápidamente de su escondite y corrió todo el camino de regreso con una sonrisa en su rostro. Sabía que el castigo por su osadía sería enérgico, pero nada reemplazaría la emoción de lo que hoy había contemplado. Quería contarle a todos lo increíble de la caza, la perfecta coordinación y el dominio del entorno que tenían aquellos hombres que todos los días arriesgaban sus vidas para traer el sustento a sus familias.

De repente se le ocurrió una idea. Una idea que la haría famosa por miles de años. Desvió su camino hacia unas enormes rocas que dominaban aquel paisaje. Recordando el polvo rojizo que desprendían algunas de esas piedras al friccionarlas una contra otra supo qué debía hacer. Cuando reunió una considerable cantidad de ese material, lo mezcló con el viscoso líquido amarillento que manaba del fruto de un arbusto, así consiguió una pasta de un fuerte color ocre con la que untó sus manos. La enorme pared de piedra que tenía en frente era el lugar perfecto para contar su historia; dibujaría a los cazadores, a los venados huyendo a grandes saltos, a las flechas surcando el cielo, a su padre sobre todo ello dirigiendo la maniobra. Su padre, a él lo dibujaría enorme, con su arco en la mano y la mirada recia y sabia de quien tiene el destino de la tribu en sus manos. Ahí lo supo, sin dudarlo un momento puso la palma de su mano sobre la roca. Había nacido la primera artista.

23 de abril de 2020

Huida (2)

Refugiándose del inclemente sol del medio día tan bien como podía bajo aquel árbol maltrecho, sólo lograba pensar en los tristes hechos que lo habían arrojado a este inhóspito paraje.

Ese día había iniciado particularmente afortunado. Un opíparo desayuno auguraba lo mejor. Una mañana plácida en compañía de su amiga de la infancia seguida de la cotidiana charla con papá. Y así, mientras caminaban juntos por un estrecho sendero, la desgracia lo atropelló como una turba salida de la nada. Y, de repente, todo su mundo se derrumbó. Su amado padre yacía inerte a su lado. Sus manos cubiertas con su sangre goteaban culpables.

Y corrió, tanto como pudo, tan lejos como lo llevaron sus fatigados pies. Corrió, huyendo de las voces de reproche que no lograba dejar atrás. Corrió casi hasta su propia muerte, él, inocente. Simba, el león.

29 de julio de 2020

ʌMoЯFO

ÍNDICE

www.ingramcontent.com/pod-product-compliance
Lightning Source LLC
La Vergne TN
LVHW091213150826
845672LV00005B/1340
9789584438119